메이저 아르카나 13번

메이저 아르카나 13번

이영희 소설집

도화

목 차

작가의 말

사유가 비바람에 흔들려도 소설은 재미있어야 한다고 생각했습니다.

"소설을 쓰는데 특별한 방법은 없다. 4쪽을 읽고 궁금해서 5쪽을 읽게 쓰면 된다"라고 한 조지 손더스의 말을 신봉했나 봅니다.

문학의 쾌락적 기능을 중시하는 건 아닌지 기우가 일었는데, 소설가는 곡비哭婢가 되어야 함에 이내 욕심임을 알았습니다.

"나는 체험하지 않은 것은 한 줄도 쓰지 않았다. 그러나 단 한 줄의 문장도 체험한 것을 그대로 쓰지는 않았다"라고 한 대문호 괴테의 명언이 착 감깁니다.

체험하지 않은 것은 쓰지 못하지만, 그대로 쓰지 않겠다는 생각으로 나아갔습니다.

동양일보에 단편 「회귀」로 당선했으니, 그의 집을 먼저 마련해 주었어야 했는데 직지와 묘덕에 반해 집착했습니다. 혼자만의 사랑인 줄 알았는데 「비망록, 직지로 피어나다」가 직지 소설문학상을 안겨주어 장편에 먼저 거처를 마련해 주었습니다.

이제 꽃이 이울고 떨켜가 생기면 폭풍우가 몰아치겠지요.

작고 여리다고 소홀히 한 듯한 안쓰러움으로, 이제 단편에 따끈따끈한 아랫목을 마련해 주려 합니다.

자식 같은 내 아가들이 사랑받았으면 좋겠다는 가슴 떨리는 소망을 실어 보냅니다.

글은 혼자 쓰지만 많은 음덕에 기대었습니다.

연필을 잡아주셨던 선친. 사투를 벌이시는 어머니, 형제자매들과 묵묵히 지켜봐 준 가족들….

동행하면서 도움을 주신 문우 여러분과 무더위에 애쓰신 출판사 도화의 박지연 대표님을 비롯한 관계자분들께도 고마움을 전합니다.

부족함을 해설로 채워주신 김성달 소설가·평론가님 고맙습니다.

독자들에게도 사랑과 음덕이 전해지길 바랍니다.

2023년 가을에
이영희

회귀回歸

예정됐던 귀국 비행기에 탑승할 수 없게 되었다. 우리는 울란바토르 공항 로비에서 잠시 공황 상태에 빠졌다. 탑승 항공기가 빤히 보이고 30여 분의 시간이 남았었다. 우리 일행의 캐리어가 내려지는 걸 멀거니 바라보다가 되돌아 나오는 황당함이라니, 낯선 이국땅에서 졸지에 미아가 된 심정이었다.

여행사 대표가 그전 생각만 하고, 예정에 없던 마두금 공연을 관람해도 충분하다고 잘못 판단한 탓이다. 홍콩 시위 사태로 평소보다 검색에 1시간 이상 더 걸린다는 것을 간과한 것이다.

"우리 안식구 이름이 마두금이니 몽골 마두금馬頭琴 공연을 꼭 보아야 한다"라고 한 사람은 남편이었다. 일행들도 애칭인 줄 알았는데, 어떻게 그런 매력적인 이름을 지었느냐며 신기해했다. 마두금 공연 관람에 동의한 건 물론이었다.

그러나 몽골 여행의 특별한 추억이 될 거라고 너스레를 떨던 남편은, 막상 비행기를 놓치게 되자 "살다 보면 이런 일도 있게 마련이다"라며 둘러댔다. 그러면서 일정 지체에 따른 추가 비용은 우리가 부담할 용의가 있다고 큰소리를 쳤다. 밖에서는 저렇게 통 큰 호인인체하면서 집에서는 그런 구두쇠, 독불장군이 없다. 허풍과 위선도 대물림인지, 자기 아버지를 빼다 박았다. 사사건건 간섭과 감시의 끈을 놓지 않고 독선을 부리는 남편의 성격에 시달려 온 지난날을 떠올리며 나는 깊은 한숨을 내쉬었다.

대책 없이 막막한 시간이 이어지자 일행의 표정들이 굳어졌다.

"정치를 잘했으면 여기까지 와서 이런 푸대접을 받지 않았을 텐데….

누군가의 넋두리가 들렸다. 화나면 무슨 소릴 못할까마는, 상황 파악을 못 한 여행사나 우리 탓이다. 정치를 탓할 일은 아니지만, 내 이름 때문에 벌어진 일이 아닌가 싶어 일행의 얼굴 보기가 민망했다.

공항 밖의 공원으로 나온 일행은 아무 일도 없었던 듯 사진을 찍고, 생략했던 박물관을 견학했다. 귀국 후의 일정 때문에 마음이 급한 나는, 전시품들이 눈에 들어오지 않았다. 마두금의 유래와 제작 과정을 보여 주는 작품도 있었지만 눈여겨보지 않았다. '마두금 이야기'라면 몽골 작가가 써야지, 미치코라는 일본 작가가 써서 유명해졌다는 얘기는 이해가 되지 않았다. 남편은 마두금이 마두금을 외면하면 되느냐며 '마두금 이야기' 앞에서 내 손을 잡고 읽어나갔다.

'마두금은 몽골 전통악기이다. 동쪽에 살던 후루가, 군대에 가서 서쪽 땅을 지키다가 그곳 마부의 딸인 예쁜 처녀와 사랑에 빠지게 되었다. 군대를 마치고 고향으로 돌아가는 후루에게 처녀는 조농할이라는 말을 주면서, 이 말을 타고 꼭 다시 돌아오라고 부탁했다. 고향에서 후루를 짝사랑하던 부잣집 아가씨가 이 사실을 알고 말을 죽였다. 조농할은 죽으면서 그 두개골을 악기로 남겼다. 후루는 그 후 서쪽 지방에 두고 온 연인이 생각날 때마다 마두금을 연주했다'라는 슬픈 사랑 이야기였다.

　이혼을 생각하며 여행길에 오른 내게도 그들의 아픈 사랑이 잠시 가슴을 찡하게 했다. 한글 설명이 인쇄된 팸플릿을 한 장 가지고 나왔다. 마두금 연주곡이 담긴 CD도 한 장 샀다.

　가이드가 가장 빠른 귀국 비행기 시간을 사방으로 알아보는 중이라고 했다. 스마트폰을 한참 들여다보더니, 내일 아침 상하이에서 출발하는 좌석표가 다섯 개 있다고 한다. 칭다오에서 더 늦게 출발하는 좌석표가 아홉 개 있어서 두 팀으로 나누어 가야 한단다. 입국 이튿날 저녁, 문학제에서 내가 시 낭송하기로 되어 있으므로, 그전에 꼭 가야 하니 마음이 조급해졌다.

　우리 부부는 조금이라도 빠른 상하이로 얼른 신청했다. 뒤이어 혼자 온 장현섭이 신청했다. 울란바토르에서 가는 비행기가 내일도 없다고 하니 부부 한 팀이 더 신청해서 다섯 명이 채워졌다.

　우리 부부가 신청한 상하이 편은, 푸둥 공항까지 가서 숙박하고 아침에 출발한다고 한다. 전세버스가 다시 울란바토르 공항으로 달려가서 우리 다섯 명과 가이드를 내려 주었다. 가이드가 한참이나 공항 직원과 실랑이했다. 알고 보니 나는 상하이로 신청이 됐지만, 남편은 칭다오로 신청이 됐단다. 여행사 대표가 스마트폰으로 급히 신청하다가 착오를 일으킨 것이다. 가이드가 대표와 한참 통화하더니 아홉 명을 태운 버스가 다시 왔다.

칭다오행 버스로 옮겨 타야 할 남편의 표정이 좋지 않았다. 나를 쳐다보는 시선 역시 예사롭지 않다. 염려보다 불신과 불안이 담긴 시선이다. 그러나 집에서와 달리, 대범한 척 울화를 참는 것 같다. 자신이 타야 할 버스로 가면서, 교대하는 김경석을 비롯한 일행에게 안식구 잘 부탁한다며 정중히 머리를 숙였다. 남편의 그런 모습을 보면서 나는 속으로 중얼거렸다.

'저 속이 오죽할까?'

이제껏 살면서 이런 황당한 일은 처음이다. 그러나 이렇게 우리 부부가 잠시라도 떨어져 지내게 되니 홀가분한 면도 없지 않다. 앙금을 안고 사는 우리 부부가 다만 잠시라도 차분히 자신을 돌아보도록, 숙려 기회를 얻게 하려는 부처님의 배려가 아닌가 싶기도 했다.

친정어머니는 첫아들을 순산한 뒤 딸을 낳았는데, 그 딸이 바로 나, 마두금馬斗金이다. 말 두斗 자에 쇠 금金 자, 금이 한 말이니, 금쪽같이 귀하게 잘 살라는 소망이 담겼다. 귀한 재물 한 말이 생기면 혼자 잘 살려 하지 말고, 남을 위해 베풀며 살라는 뜻이랬다. 아버님은 불심이 깊으셨는데, 존경하는 주지 스님의 법명이 이두二斗였다고 한다. 곡식 두말이 생기면 한 말은 중생들에게 베풀고, 한 말은 절집 식구를 위해 쓰라는 뜻이었다는데, 그 스님의 법명에서 착안하셨단다. 머리 깎고 여승 되라고 안 한 것이 다행이라 싶었지만, 어릴 때는 그 별난 이름 때문에 놀림도 많이 받았다. 짓궂은 사내애들이 '날 보고 가슴 두근거리냐?'고 묻거나 '말 대가리'라고 놀렸다. 그래서 내 이름이 싫었는데, 마두금이라는 몽골의 민속 악기가 있다는 건 금시초문이었다. 그 유래를 듣고 잠시 가슴이 찡했던 건 이름 때문은 아니었다. 발음이야 같지만, 한자로 쓰면 '마두금馬頭琴'과 '마두금馬斗金'은 다르다. 악기의 원산지나 내 국적이 달라 원발음과 뜻이 모두 다른데, 공통점이 무엇인가. 그냥 우연 중의 우연일 뿐인데….

여름휴가로 내몽골에 가자는 남편의 이야기를 나는 탐탁지 않게 여겼었다.

"마두금, 당신은 꼭 몽골에 가서 마두금을 직접 보고 마두금 연주를 들어야 해. 악기도 제대로 소리를 낼 때 아름다운 거잖아."

남편의 몽골 여행 제안은, 제안이라기보다 간청에 가까웠다. 짐작건대, 요즈음 침묵으로 일관하는 내 심중을 읽고 분위기 전환을 시도하는 것이리라.

내 이름이 악기 이름 따위와 같다는 게 무슨 의미가 있느냐고 처음에는 시큰둥했다. 몽골의 초원 한가운데서, 태곳적 그대로의 청정한 별을 바라보는 신비한 체험에 호기심이 일기 시작했다. 티 없이 맑은 밤하늘의 별을 세고 여전사처럼 말을 달려 볼 수 있다면, 이혼을 생각하며 지쳐 늘어진 오감이 되살아날 것 같았다.

"죽은 사람 소원도 풀어 준다는데, 당신이 정 원한다면…."

나는 마지못해 따르듯 내숭을 떨면서 남편의 제의에 동의

했다.

　독재자처럼, 감시자처럼, 아니 제왕처럼 군림하는 남편의 횡포에 지쳐 나는 이혼을 생각하고 있었다. 그런 나를 달래고 화해를 모색하려는 남편과 동상이몽인 우리 부부의 동반 여행이 마지막 이별 여행이 될지. 아니면 옛날로 돌아갈 수 있는 빌미가 될지는 알 수 없지만, 잠시라도 지금 이 지겨운 상황을 잊을 수만 있다면 나쁠 건 없다 싶었다.

　남편은 떡 벌어진 어깨에 우람한 체구로 남자답다는 말을 듣는다. 언뜻 보아도 위압감을 느끼는, 만만찮은 타입이다. 그런 사람이 위계질서가 분명한 직장에서 의협심을 발휘한답시고, 후배를 감싸고 상사를 치받는 만용을 부리는 것 같다. 그래서 승진과는 등 돌린 사이가 되었다. 처신을 반성하기는커녕, 밤중 홍두깨처럼 명퇴를 신청했다. 반대해도 소용없겠지만, 집안에 틀어박혀 밤낮으로 얼굴을 맞대고 살자면 얼마나 더 나를 감시하고 볶아치랴 싶어 소화조차 되지 않았다. 남편 명퇴 후에 한 달도 되기 전에 가까운 공인중개사 유리창에, 우리 집 옆의 편의점을 운영하실 분을 찾는다는 쪽지가 나붙었다.

"당신 처녀 때 경리과에서 일했으니 편의점 한번 운영해보면 어때?"

느닷없는 제안이었다. 이미 독단으로 결정하고 명퇴금을 헐어서 계약까지 한 눈치였다. 내 의견이 파고들 틈은 없었으므로, 나는 묵묵부답으로 넘겼다.

"내가 수시로 교대할 테니 걱정하지 말라고…."

말뿐이지 싶었는데, 그래도 한동안 자주 교대를 해 주고, 찾는 고객이 많아서 제법 재미가 있었다. 웬만큼 적응이 되니 일할 때도 고생스럽다는 생각보다, 남편의 감시에서 벗어나 해방된 느낌이었다.

그러나 재미도 해방감도 잠시, 건너편 아파트 앞에 규모가 제법 큰 마트가 생기면서 상황이 변했다. 전 주인이 그 낌새를 눈치채고 내놓은 모양인데, 그걸 덥석 물었다. 수입은 줄고 입을 틀어막아도 터져 나오는 하품만 늘어갔다. 남편의 교대 약속도 초반뿐이었다. 동창회다 등산이다 골프다, 갈 곳 많아 분주해진 남편은 종일 얼굴도 보이지 않는다. 전화질만 하다가 해거름에 나타나 매출 상황을 내놓으라 성화다. 조금이라도 착오가 있으면 "어느 놈에게 빼돌렸기에 매출이 이것뿐이냐"라고, 피의자를 앉혀놓고 으름장을 놓던 본색을 나타냈다. 그러고도 일단 통장에 입금된 돈은 나와 무관한 것이 되었다. 일하는 보람은커녕, 앵벌이 그게 딱 내 신세였다.

편의점을 시작하고 얼마 후, 얼굴 구경조차 못 하던 친구를 모처럼 만났다.

답답한 속을 털어놓는 내 애기를 들은 친구는, 남편의 그런 행태가 의협심 아닌 의처증 때문이라고 했다. 심리 상담을 받아 보든지 그게 안 되면 법률조언이라도 한번 받아보라고, 아는 변호사의 전화번호까지 알려 주었다.

"지금 네 남편 하는 걸로 보아선 상담에 응할 것 같지 않고, 설혹 이혼을 한데도 위자료 받을 조건이 안 될 테니 증거를 확보해 놓아야 해."

친구는 "제 버릇 개 못 준다"라며 은근히 이혼을 종용했다.

남편은 경찰서 수사 담당 형사였다. 출장이 잦았다. 출장 중인 때는 밤낮 가리지 않고 수시로 전화하는 건 물론, 내근

중의 한낮에도 툭하면 전화했다. 신혼 초에는 그것이 관심과 사랑인 줄 알았다. 염려 때문이려니, 남들도 다 그렇게 살고 있으려니 믿었다. 그러나 허니문 기간이 지나고 세월이 흘러도 남편의 습벽은 여전했다. 핸드폰이 흔치 않던 때 잠시라도 집을 비웠다가 돌아오면, 어김없이 남편이 와서 눈에 불을 켜고 기다렸다. 그리고 추궁하는 것이었다. 어디 갔다 왔느냐, 누굴 만났느냐. 주부가 살림 제쳐놓고 툭하면 집을 비우고 나다녀도 되는 거냐….

대답하기에 지쳐 입을 닫을 때까지 몰아붙였다.

입을 닫고 침묵으로 버티자, 남편을 무시하는 거냐며 손찌검을 다 했다.

이건 사랑이나 염려가 아니라, 불신이고 감시고 폭력이다. 그 후 남편에 대한 믿음은 깨지고 내 가슴에 쌓이는 건 미움과 분노였다. 분출구를 찾지 못한 분노는 시루떡같이 켜켜이 쌓여 절망으로 가고 있었다.

금쪽같이 살아라. 남에게 베풀며 살라 하던 아버지의 소망은 결혼과 동시에 풍비박산된 셈이다. 금쪽같은 내 인생은 아버지의 딸이었을 때뿐이었고, 베풀며 사는 인생은 시작도 되기 전에 파탄을 맞을 판이었다. 편의점 수입이 점점 줄어드는 만큼, 남편과 나 사이도 좋지 않은 쪽으로 기울어졌다.

남편과 교대한 시간을 이용해 봄나물도 살 겸, 전통시장을 한 바퀴 돌고 있는데 핸드폰이 울렸다. 가방을 열고 핸드폰을 찾는 사이에 신호음이 꺼졌다. 5분쯤 후에 다시 신호음이 울렸으나 통화 버튼을 누르기 전에 또 신호음이 꺼졌다. 받기 전에 성급히 꺼진 전화는 모두 남편이 건 것이므로, 내가 전화를 걸었다. 그러나 남편은 받지 않았다. 황급히 편의점으로 가 보니 문이 잠겨 있었다. 서둘러 집에 갔더니, 짐작대로 남편이 먹이를 놓친 범상을 하고 있었다. 조사실에서 흉악범 피의자를 다루듯, 추궁이 이어졌다. 나와 결혼 전에 사귀던 작자를 만났느냐. 그 작자가 어떤 놈이냐. 무슨 깨 볶는 얘기가 그리 많아서 전화도 안 받고 그렇게 놀아나도 되는 거냐. 재탕 삼탕의 반복 문초다. 왈칵 쏟아내고 싶은 말은 많았으나 나는 입을 닫았다. 쏟아지는 건 터질 듯한 가슴에서 치솟는 한숨, 그리고 주체할 수 없이 흐르는 눈물과 콧물이었다. 적장을 무릎 꿇린 승전 장군처럼 추궁과 질책을 계속하는 남편의 말을 끊고, 나는 딱 한 마디만 하고 일어섰다.

"우리 여기서 끝내요."

나는 옷장을 열어젖히고 보따리를 싸려는데, 남편의 고함이 터졌다.

"당신 미쳤어? 지금 뭐 하는 짓이야?"

"나는 당신에게 붙잡혀 수갑 찬 죄인도 아니고 감시받는 사찰 대상도 아니에요. 노예나 시녀도 아니고, 그냥 평범하게 살고 싶은 보통 여자라고요."

내가 남편을 향해 한 말 중 가장 크고 긴 말이었다.

"여보 이러지 마. 이건 아니야. 이러면 안 된다고."

갑자기 목소리를 낮춘 남편이 내 손을 잡았다.

"이 손 놔요. 안 되는 건 당신 사정이고, 나는 이대로 살 수 없어요."

"이러지 마. 당신이 미워서가 아니야. 왜 내 맘을 몰라?"

'왜 내 맘을 모르냐고? 그 맘이 어떤 맘인데?' 나는 남편의 돌변한 태도와 비굴한 말씨가 역겨웠다. 또 한차례 손찌검을 각오하고 선고처럼 말했다.

"당신은 유능한 형사였는지 몰라도, 평범한 남편 될 자격도 없어. 끝내요."

남편의 오른손이 어깨 위로 올라갔다. 나는 탁상 위의 재떨이를 들어 남편을 향해 힘껏 던졌다. 파국을 각오한 저항이었다. 빗나간 유리 재떨이가 맞은편 벽에 부딪치며 내는 파열음과 어깨 위로 올라간 남편의 손이 자기 가슴을 치는 소리가 거의 동시에 들렸다. 남편과 내가 경악한 것도 역시 동시였다.

나는 남편의 손이 나를 때리려는 것으로 짐작하고 본능적인 방어책으로 재떨이를 집어 던졌고, 남편은 의외로 과격한 나의 반항 때문에 답답해서 제 가슴을 쳤을 것이다. 나는 눈을 질끈 감았다. 자기 가슴을 쳤던 남편의 손이, 이번엔 내 얼굴이나 몸통 다른 어느 곳을 가격하리라.

불과 몇 초간의 침묵, 아니 적막이 흐르는 동안 나는 눈을 뜨지 못했다. 그러나 가격은 없었다. 나는 눈을 떴다. 눈앞에 벌어진 이변에 나는 또 한 번 놀랐다. 고개를 숙이고 무릎을 꿇은 남편이 눈앞에 있었다.

사막의 신기루인가, 아니면 환시인지 환각인지. 눈을 껌벅여 봐도 여전했다.

"여보 내가 잘 못 했어. 난 당신 없으면 버티고 살 수가 없어. 날 용서해."

초연 배우가 대사를 외듯, 남편의 목소리는 작고 떨렸다. 나는 믿기지 않는 현실에 어떻게 대처해야 할지, 결정 장애자처럼 판단 불능 상태가 되었다.

남편은 울고 있었다. 울면서, 지금까지 내가 짐작도 못 했던 말을 했다.

어릴 적 얘기였다. 계모 밑에서 자랐는데, 생모가 여덟 살때 집 뒤의 밤나무에 목을 맸기 때문이었다. 밤꽃이 지렁이처럼 밟히던 날이었는데, 굵은 밑가지에 목이 부러진 허수아비처럼 매달려 있던 어머니를 보았다고 한다. 그 후부터 자기는 밤을 먹지 못한다고 했다.

"어렵던 시절에, 큰아들인 내 아버지만 대학까지 공부시키고 서둘러 결혼시켰어. 어머니는 가난한 집안의 장녀로 태어나 공부하지 못했는데, 중매로 결혼이 성사됐으니 처음부터 기우는 결혼이었지. 무식한 어머니를 백안시하고 창피하게 생각하던 아버지의 불만은 점차 학대로 변했어. 견딜 수 없었던 어머니는 나와 다섯 살 위의 누나를 남겨놓고 세상을 버렸지. 어머니보다 더 많이 배우고 예쁜 계모는 유식한 만큼 간교해서 우리 남매를 눈엣가시처럼 여기고, 보는 사람이 없을 때는 매질도 서슴지 않았어. 그럴 때마다 누나는 나를 감싸 안고 대신 매를 맞았어. 좀 더 자라서는 매질하는 계모에게 반항했지만, 그건 "왜 때려요?"라는 비명 같은 외마디 소리가 전부였지. 그러던 누나가 열네 살 때 가출했고, 혼자 남은 나는 늘 공포에 떨면서 누나가 돌아오기를 기다렸어. 누나는 오지 않았어. 누나와 함께 있을 때도 어머니가 늘 그리웠지만, 누나까지 사라진 후엔 밤낮없이 계모의 눈총과 매질이 무서웠어. 혼자서 떨던 그때를 생각하면, 지금도 온몸이 떨려…."

남편의 눈물은 그쳤지만, 목소리는 여전히 작고 흔들렸다.

"좀 더 커서 나는 또래들에게 매 맞는 아이나 놀림당하는 아이들 편을 들거나 대신 싸웠지. 어린 시절의 외롭고 두려웠던 기억과 누나도 없이 혼자서 계모에게 매질을 당하던 아픔 때문인지도 몰라. 누나는 자신보다 나를 위하고 사랑했지만, 결국 나를 버려두고 집을 나갔어. 당신도 누나처럼 언젠가는 내 곁을 떠나지 않을까 불안해. 당신 소재가 확인되지 않으면 나는 불안해서 아무것도 못 해. 당신 힘든 거 나도 알아. 용서해. 반성하고 고칠게."

독선자인 듯 감시자인 듯 적장을 굴복시킨 장수처럼 당당하던 거구의 남자가, 가냘프고 외로운 소년이 되어 내 앞에 앉아 있었다. 그리고 용서를 빌었다.

그러나 나는 용서한다고 말하지 않았다. 반성하고 고친다는 말을 믿지 않았다. '제 버릇 개 못 준다'라는 친구의 말뿐이 아니었다. 마음속 깊은 곳에 뿌리박힌 트라우마는 표피에 난 상처처럼 쉽게 낫지 않는다는 걸 알기 때문이었다.

상하이 푸둥공항에 도착한 우리는 가까운 곳에 호텔을 잡았다.

부부 팀은 6층이고 장현섭 · 김경석과 나는 7층인데, 공교롭게도 그들이 내 옆방이다. 부부가 6층의 엘리베이터에서 내리고, 7층에서 두 남자와 같이 내리며 괜스레 가슴이 콩닥콩닥 뛰어 눈을 내리깔았다. 그때 핸드폰이 울렸다. 마치 그 현장을 보고 있는 듯 잘 도착했느냐는 남편의 전화였다. 남편은 잠들면 비행기 못 타니 잠들지 않게 전화를 계속하겠다

고 한다. 문 꼭 잠그고 절대 문 열어 주지 말라고 신신 당부했
다. 또 본병이 도졌구나, 나는 속으로 한숨을 쉬었다.

　씻고 누우면 곯아떨어질 것 같아 텔레비전 스위치를 눌렀
다. 얼굴이 화끈했다. 19금 채널에 맞춰났는지 노골적인 장
면이 아랫도리를 강타했다. 최면에 걸린 듯 나도 모르게 흥
분해서 채널을 돌리지 못했다. 속옷이 흥건히 젖었다. 자극
이 없더라도, 오랫동안 굶주린 내 몸은 해갈을 원했지만, 남
편과는 아니었다. 전라의 남녀가 벌이는 몸부림을 보면서, 나
의 원초적 본능은 케이티엑스 상행선을 탄 것 같이 속도를 냈
다. 차마 못 볼 것이라 여기면서도 눈을 돌리지 않는 모순은
익명의 장막 뒤에서 거침없이 노출되는 인간의 본능인가. 옆
방에 신체 건장한 남자가 있다는 사실이 더 몸을 뜨겁게 만들
었다. 수절 과부가 밤꽃 피는 시절이면 넓적다리를 송곳으로
찔렀다는 말이 이해되었다. 실제 밤꽃 냄새의 성분인 스퍼미
딘과 스퍼민이란 성분은 동물의 정액에서 처음 발견되었다
고 한다. 이성보다 감성이 마성처럼 뻗치는 밤에 밤꽃 향기
를 풀어 놓아서인가. 나는 잠시 색녀가 되었다.

　"등신, 머저리!" 부지중에 소리를 질렀나 보다. "무슨 일 있

어요?"라는 장현섭의 목소리가 문밖에서 들렸다. 이내 요조
숙녀로 돌아와 문도 열지 않고 아무 일 없다고 했다. 외간 남
자의 침입을 은근히 기다렸으면서, 아닌 척 시침을 떼는 간교
하고 비겁한 이중성이 내 속에 똬리를 틀고 있었다.

'까똑' 또 소리가 난다. 밤새 몇 차례나 전화하고도 뭐가
미덥지 않아 첫새벽에 또 '까똑'인가? 미안하다고 반성한다
며 다짐하던 얼마 전의 일을 까먹고 수시로 도지는 병, 과연
그 병소를 끌어안고 어찌 살 건가?

그러나 남편이 보낸 문자는 트라우마에 갇힌 불신의 발로
는 아니었다.

'내 사랑 마두금~

당신을 처음 보았을 때 별같이 반짝이는 눈으로 미소를 짓
는데 정신이 몽롱했소. 거기에 빠져들어 늘 당신 주위를 맴돌
았지. 당신은 치자 꽃향기로 내게 다가왔어. 상큼하면서도 허
스키한 사이다 음색은 더 매력적이어서 내가 꼭 연주하고픈
악기가 되었소. 지금도 예쁘지만, 당신이 그때 얼마나 청초하
고 예뻤던지. 깊은 산속 암벽 위에 홀로 피어나는 이슬 먹은

원추리꽃 같았소. 날마다 당신을 만나는 게 삶의 의미로 자리 잡았소. 거절하는 당신에게 껌딱지같이 딱 달라붙어 좋은 인연을 만들었소. 그리고 행복을 심어 오늘까지 가꾸어 왔네. 영원히 사랑하오.'

읽고 나니 부지불식간에 웃음이 나왔다.

'뭐, 좋은 인연이라고? 행복을 가꾸었다고?'

그래도 새로운 하루가 시작되는 새벽이라는 걸 의식해선지, 험악한 소리나 문자가 없는 게 다행이다. 밤에 문 두드린 남자는 없었느냐, 문 열어주고 불러들인 작자가 있다면 그냥 두지 않을 거라는 등….

반응이 없으면 또 전화나 문자가 올 것이므로 답을 보냈다.

'좋은 여행 마지막 여정까지 무사해서 다행이네요.

귀국해서 뵈어요.'

말을 아낀 것은 혹시라도 남편이 속단할까 염려해서였다.

'나도 사랑해요.' 어쩌고 감정이 섞이면, 필시 동상이몽의 동반 여행이 의기 상통하여 화해가 이루어졌다는 속단을 내리지 않을까 하는 생각 때문이었다.

패장처럼 꿇어앉아 눈물을 흘리며 털어놓던 트라우마, 소년 시절부터 심어진 분리불안을 떨쳐내지 못하고 있는 남편의 고백에 연민이 갔다. 하지만 그의 다짐을 믿을 수 없고, 그래서 나는 결심을 바꾸지 않은 것이다.

다섯 시가 가까워져 왔다. 화장하려고 거울 앞에 앉았다. 지난밤 비록 혼자만의 상상이었지만 본능에만 충실했던 중년의 여인이 무척이나 낯설었다. 늘 남편을 짐승같이 취급하고 혼자 고상한척하더니…. '미친 것' 소리가 절로 나왔다. 회오리치던 속내까지 감추려고 콤팩트를 더 오래 두드렸다. '탁 탁 탁탁 ….' 콤팩트는 내 얼굴을 치장하는 것이 아니라 단죄하는 것이었다.

마두금에 얽힌 애절한 사랑을 상상하며, 텔레비전 화면에서 용틀임하는 전라의 남녀와 함께했다. 밤새 내 육신에도 태풍이 휘돌아 나갔지만, 흔적은 전혀 남아 있지 않았다. 쥐를 삼킨 고양이가 잔인했던 순간을 낯선 방에 버려두고 시침을 떼듯, 나 혼자서 한밤을 뜨겁게 보낸 객실의 키를 서서히 뺐다. 엘리베이터 문이 열리니 장현섭 팀도 좇아와 동승했다. 그들을 보니 괜스레 무안해져서 등을 돌리고 벽을 바라봤다. 남편과 떨어져 있을 때 슬며시 다가와 은근히 친밀감을 표시하던 장현섭이 "뭘 이렇게 달고 다녀요?"라며 등 뒤에서 슬쩍 끌어안는다. 손길만으로도 감전이 된 듯 온몸이 찌르르했다.

"타이밍이 예술이라는 것도 모르는 등신." 혼잣말을 중얼거렸다. 두 남자가 무슨 소리인가 하고 나를 쳐다본다. 무례하다는 마음보다 더 많은 아쉬움이 감춰진 것을 알았을까. 나는 새삼스럽게 얼굴이 뜨거워졌다.

부부 팀은 또 비행기를 놓칠까 봐 불안해서 한 시간 전에 나왔다고 했다.

가이드도 없고 티켓도 없는데 어떻게 공항버스를 탈 수 있을지, 여행사 대표를 깨워 통화를 했다. 호텔 카운터 직원을 바꿔 주며 실랑이를 한 끝에, 다섯 명이 탈 수 있는 승합차가 도착했다. 이왕이면 짐 부치는 19번 게이트 앞에 세워주었으면 하고, 기사한테 "헬로" 해도 반응이 없다. "웨이"하니 돌아본다. 궁하면 통한다고 손짓과 발짓 다 하여 의사를 관철시켰다.

우리나라로 가는 동방항공에 무난히 탑승했다. 울란바토르에서 올 때와 같이 부부 팀이 앞에 앉고 김경석·장현섭과 내가 그들 뒤에 앉았다. 올 때는 남편과 나란히 앉아 왔는데, 방향은 다르지만 느긋하고 평온한 마음은 아니다.

도착 시간을 보니 내일 행사에 펑크를 내지는 않을 것 같다. 그나마 다행이라 안도의 숨이 나왔다.

장현섭이 여기저기서 셀카로 찍은 자기 사진을 보여주더니, 내 것도 좀 보여 달라고 했다. 사진으로 보니 까무잡잡한 피부에 선 굵은 이목구비가 잘생긴 배우 같다. 흘깃흘깃 쳐다본 생얼 보다 더 선명하고 섹시해 보인다.

나는 사진을 잘 못 찍어서 다른 사람들 모델만 되어 준다고 거절했는데, 굳이 좀 보자고 졸랐다. 옆에 앉아서 더 거절하기도 민망해 스마트폰을 내밀었다. 한참을 들여다보던 그가 "아니 이건!" 했다. 무엇인가 가로채서 보니 참 가관이다. 남편이 하도 전화해서 녹음 버튼을 눌러 놓았었다. 그런데 동영상 버튼을 눌러 놓았었나 보다. 혼자 보기에도 민망한 빈방의 모노드라마 한편이 찍혀 있었다. 절명하는 듯한 여자의 교성이 들리고 여과 없는 본능 그대로 낯 뜨거운 욕망을 뿜어내고 있었다. 나를 가장 부끄럽게 만든 건 화면 속에서 남자의 애무를 받던 여자가 '하고 싶다'라고 내뱉는 신음이었다. 열정적으로 인생을 개척하는 시간이나 그런 곳에서 그 소리를 들었다면 꿈이 많고 도전적이구나 했을 것이다. 그러나 지금은 누가 봐도 무슨 말인지 알 것 같아 고개를 들 수가 없었다. 당장 삭제 버튼을 눌렀다.

'등신 머저리'라고 하던 소리를 나 자신에게 확 되돌려 주고 싶었다.

귀가 얇은 탓인지 증거를 잡아 두라는 친구의 말을 듣고, 아내를 감시하듯 추궁하는 남편의 전화 목소리를 녹음한다는 것이 엉뚱한 버튼을 눌러 놓았으니. 제 발에 걸려 넘어지는 숙맥 짓을 한 셈이었다. 쥐구멍이라도 찾고 싶었다.

장현섭과의 동석이 껄끄러웠다. 초침보다 빠르게 헤어지고 싶은데 비행 속도는 시침보다 느려서 착륙 시간이 아직도 많이 남은듯했다.

남자라는 상대만 없었을 뿐이지, 같은 순간에 내가 함몰되었던 원초적 욕망을 저울로 달아보았다면 남녀 두 접합의 무게보다 부족하지 않았을 것이다. 눈치 빠른 장현섭이 아쉬운 듯 중얼거렸다. 결코 작은 소리가 아니었다.

"내가 용기를 냈어야 했는데. 미적미적하다가 천하절색 마두금을 연주할 천재일우의 기회를 놓쳤네…."

얼굴 뜨거운 수치심과 함께 나라는 여자가 무척 낯설었다. 이제껏 남편이 감시한다고 불평하며 자유가 그립다고 비명을 달고 살았다. 교통사고가 대부분 쌍방 과실이듯, 나와 남편의 관계도 쌍방의 탓이거나 내 탓이 더 많지 않았을까? 동상이몽인 우리 부부의 관계는 과연 남편만의 탓일까? 장현섭의 뇌리에 박힌 내 모습은 과연 어떤 것일까?

트라우마에 갇힌 남편의 의처증에 시달리는 가련하고 정숙한 여인? 아니면 스스로 밤꽃 향기에 취해 요염한 척 육체로 남성의 본능을 자극하는 몸 뜨거운 여인인가. 남편과 이혼을 위해 잡으려던 증거 대신 엉뚱하게도 이혼당하기 마침한 증거를 잡았으니, 장현섭의 뇌리에 박힌 내 모습은 뻔할 터였다.

'내가 용기를 냈어야 했는데….' 장현섭이 중얼거린 말속에는 나를 낚았다 놓친 고기로 생각하는 게 있는 것 아닌가.

그렇다고 장현섭이 착각이나 망상에 빠진 탓이라고 나무랄
처지도 못 된다. 나 스스로 증거를 그의 손에 쥐여준 셈이다.
나는 정숙하지만, 의처증 남편에게 시달리는 가련하고 불행
한 여인이다. 그렇게 말한다면 장현섭은 아마 가가대소하며
나를 조롱할 것이다.

　나는 친구의 말대로 남편에게 정신과 치료를 권하지 않았
다. 아직은 변호사와 상담도 하지 않았다.

　뜨겁고 행복하던 신혼 시절의 기억은 모두 허공에 날려버
리고, 지금 겪고 있는 고통을 전부 남편 탓으로 돌리는 이기
적인 여자가 나라는 생각이 들었다. 이미 내 속을 다 알아버
린 외간 남자와 나란히 앉아 구름보다 높은 하늘을 날고 있
다. 남자는 이제 말이 없지만, 색에 굶주린 마두금이란 여자
를 마음만 내키면 언제라도 원초적 신음을 내도록 연주할 수
있다고 생각할 것이다. 지난밤에 오랫동안 억제했던 육체가
본능에 휘둘리면서, 옆방에 있던 이 남자를 나는 마음속으로
원하고 있지 않았던가?

　그러나 지금은 동석 자체가 형벌처럼 느껴진다. 이 남자
가 무례를 저지르거나 혐오감을 주어서가 아니라, 숨겨뒀던

나의 원형을 몽땅 들켜버려서다. 그런데도 남편 탓을 당연한 구호처럼 가슴에 담고, 감시와 학대에 시달리는 피해자로 자처해 왔던 내가 아닌가?

인천공항을 출발할 때는 비록 동상이몽일망정, 남들처럼 남편과 나란히 앉아 있었다. 남편은 비록 가식일지라도 자상했다. 기체 밑으로 흐르는 떼구름 속에서 갖가지 형상을 찾아서 그걸 보라고 일일이 내게 가리키었다.

"저건 쥐 모양인데, 옆의 고양이 형상보다 크지? 진짜 그런 일이 생긴다면 고양이가 쥐를 잡아먹지 못하겠지. 언제 저런 큰 쥐가 나타날지 모르잖나."

유치원생 같은 남편의 말속에는 세상을 강자와 약자로 구분하는 이분법이 잠재돼 있었다. 절대강자였던 계모에 대한 공포감 때문이리라. 신기하지도 재미있지도 않았지만, 나는 계속 고개를 끄덕였었다. 우리도 남들같이 다정한 부부처럼 보여야 했기 때문이다.

그러나 지금은 나와 다른 비행기에 탑승한 남편의 속이 새카맣게 타고 있을 것이다. 짝없는 두 남자가 나와 동행이라는 게 불안을 더 키웠을 것이다. 가뭄에 갈라지는 논바닥 같이 타는 속을 감추고 의연한 채 애쓰고 있을 남편이 불쌍해졌다.

그 큰 체구가 내 앞에 무릎을 꿇고 어린애처럼 눈물을 줄줄 흘리던 모습이 새삼스럽게 떠올랐다. 한없이 여린 남자. 목을 매고 죽은 엄마와 가출한 누나와의 이별로 가슴에 못이 박힌 소년. 사랑의 결핍으로 관심이 늘 필요했던 소년. 나는 왜 그런 남편을 외면하고 '금쪽같은 나'만을 생각했던가? 측은한 마음이 일면서 내 이름을 지은 뜻에 생각이 미쳤다. 남편이 보고 싶어졌다.

멀고 아득한 초원을 사이에 두고 헤어진 서쪽의 처녀와 동쪽의 후루. 타고 갈 말이 죽어 만나지 못하고 애를 태우던 두 사람은 누구를 탓하고 원망했을까? 누구도 상대를 탓하지 않았으리라. 간절한 기다림과 함께 언젠가 초원을 가로질러 가서 만나는 날을 꿈꾸며 그리워했으리라.

옆 좌석의 남자, '내가 용기를 냈어야 했는데…'라며 나 마두금을 연주하지 못해 지난밤을 후회하던 그는 고개를 삐딱하게 꺾은 채 곤히 자고 있다. 이제 옆 좌석의 마두금 따위에 흥미도 없다는 듯.

잠시 후 공항에 도착한다는 안내방송이 나왔다. 잠을 깬 장현섭이 무슨 말을 하려는지 "저기…"라고 입을 열었다. 나는 그의 말을 툭 잘랐다.

"내릴 준비나 하세요."

공항에 도착하면 얼마 후, 남편이 탄 비행기도 도착할 것이다. 몇 분이 되든 몇 시간이 되든, 나는 공항 로비에서 남편을 기다릴 것이다. 그리고 "당신이 많이 보고 싶었다"라고 진심으로 말할 것이다.

집에 돌아가면 남편과 함께 마두금 CD를 틀어놓고, 그 애절한 음률을 다시 들어 보리라. 남편이 나를 연주하겠다면 그 또한 함께 하리라.

기체 착륙으로 인한 가벼운 충격 후 활주로를 달리는 창밖으로 눈에 익은 풍경들이 빠르게 내달린다. 떠난 것은 언젠가 제자리로 돌아와야 하는 법. 그건 진리인가 보다.

조짐

카톡카톡 소리가 났다. 그 소리에 깨서 시계를 보니 밤 한 시다.

'누가 매너 없이 이 시간에 실례를 했을까. 술 챈 사람이겠지. 궁금하지만 오늘은 시 낭송대회 날이니 잘 자야 정신이 말짱할 텐데.'

서원은 다시 잠을 청했다. 그러나 한번 깨고 나면 잠은 잘 오지 않는다.

그래서 구순의 어머니가 계심에도 취침 시는 스마트폰을 꼭 서재에 두고 자곤 했는데 남편이 깜빡했나 보다.

뒹굴뒹굴하다가 다시 잠이 든 것 같다. 누군가 손을 내미는데 그 손을 잡으려다가 잠이 깨버려서 괜스레 찜찜했다.

그 손을 꼭 잡았어야 했는데….

화장을 대충하고 옷을 입으려는데 갈등이 생겼다. 새로 준비하진 않았지만, 흰옷 위에 덧댄 검은색 한 벌이 시 낭송대회 분위기에 맞을 거로 생각했다. 그런데 어젯밤에도 비가 왔고 오늘도 때아닌 비가 예보되지 않았나. 흰옷이 비추는 우아한 검은색이지만 그래도 비 오는 날 검은색은 아니라는 생각이 들어 서원은 평소에 입던 흰 웃옷을 바꿔 입었다.

미용실 약속 시간 10분 전 도착하여 문을 밀었다. 웬걸. 비상벨이 요란하게 울렸다. 곧바로 경비 용역업체 직원이 쫓아와서 무슨 일이냐고 물었다. 당황스럽다. 뭐 이런 일이 있나 하면서 사실대로 경과를 이야기했다. 주인이 전화를 받지 않는다며 원장님 오시면 출동했었다고 이야기해달라고 하고 다시 문을 잠그고 가버렸다.

그러는 사이 10분이 흘러가고 약속 시간이 지났는데 원장은 전화도 받지 않는다.

'20년 단골을 했어도 이런 일은 한 번도 없었는데….'

"늘 일찍 일어나서 새벽에 앞의 사우나에 가요. 내일은 좀 일찍 사우나에서 나오죠"라던 말이 생각나서 서원은 앞의 사우나 앞에서 화초를 손질하는 여사장한테 쫓아갔다.

"사장님, 이 미용실 원장님 오셨지요? 어제 약속을 했는데 전화를 받지 않네. 죄송합니다만 연락 좀 해주시겠어요? 급해서."

조급한 마음인데 그러고도 10분이 더 지나 원장이 나타났다. 시 낭송대회에 같이 가기로 한 문 여사 만나기로 한 시간도 7분밖에 남지 않았다. 능숙한 솜씨로 얼른 머리를 손질하는데 벌써 밖에서 문 여사가 들여다보고 있다.

들어오라 하고 화장을 좀 고쳐 주는 데 마음이 급해져서 편치 않았다.

그제야 원장은 어제 오후에 서원이 전화한 것이 생각났는지

"어제 늦게까지 너무 바빴어요. 밤에 전화하셨으면 기억했을 텐데 요즈음은 이렇게 깜빡깜빡하네. 죄송합니다"라고 한다.

"아니, 내가 일찍 와서 그렇죠. 모르고 문을 밀어서 경비 용역업체 직원이 다녀갔어요. 원장님이 전화를 받지 않는다

고 하면서."

시간이 있으면 문 여사 머리도 좀 손질해 달라고 했으면 좋으련만 시간이 급하니 그냥 출발했다. 문 여사가 머리를 너무 예쁘게 했다며 덧붙인다.

"나는 머리에 숱이 없어서 미용실에 가지 않아요. 한 번은 미용실에서 하고 마음에 들지 않아 집에 가서 스프레이 뿌리고 내가 다시 손질했어요."

"네, 저는 직장 다닐 때 한 번은 신문에 사진과 함께 기사가 실렸는데 머리를 하지 않고 보냈더니 주위 분들이 다 한마디씩 하더라고요. 평소에는 자기 관리가 철저한 사람이 오늘 사진은 좀 이상하다 해서 그다음부터 특별한 날은 꼭 미용실에 들리곤 해요."

시 낭송한 지 3년이 넘었고 상도 많이 탔다는 문 여사한테 실력도 없는 초보가 외양만 신경 쓰는 것 같은 자격지심이 들어 부언했다.

'아무리 시 낭송 예선 대회라지만 대상을 목표로 하시는 분이 외모에 좀 신경을 썼어야 하는 것 아닌가'라는 생각이 들었으나 삼 년이나 경험한 분에게 이제 막 시작한 사람이 예의가 아닌 것 같아 서원은 입을 다물었다.

　서원은 출발하면서 문학관으로 분명히 내비게이션을 눌렀었다.

　'어머니, 마나님, 내비게이션, 세 여자의 말은 꼭 들어야 한다지?' 누군가 하던 말이 생각나 서원은 피식 웃기까지 했다.

　그런데 가다 보니 엉뚱한 길로 가고 있는데 내비게이션은 아무 소리도 하지 않는다.

　'얼마 전에 남편이 차 서비스를 받으며 내비게이션 업그레이드도 분명히 했다고 했는데….'

　통계적으로 여자는 남자보다 공간지각 능력이 떨어진다고 한다. 서원은 자신을 스스로 길치라고 생각하기 때문에 내비게이션이 없을 때는 다니던 길이 아니면 자신이 없어서 운전하지 않았다.

　옆의 문 여사도 시간에 못 댈까 봐 불안한가 보다.

　"내가 몇 번 가봤는데 이쪽이에요."

　내비게이션을 다시 확인할 새도 없이 그녀가 가리키는 대로 갔다. 오늘따라 왜 그리 도로 공사를 많이 하고 있는지 차가 정체되기 시작했다. 나이도 위고 경험도 훨씬 많은 문 여사는 불안할까 바 그러는지 자꾸 말을 한다.

"일찍 출발해서 시간 안에 갈 수 있을 거예요. 나는 시 낭송 배울 때 6개월은 그냥 듣기만 했어요. 그런 후에 대회에 나가 보라 해서 몇 번 나가서 금상을 받기도 했는데 대상은 못 받고 시 낭송 인증서도 못 받았어요. 여기는 동상도 시 낭송 인증서를 준다니…."

서원은 괜스레 무안해졌다.

'6개월을 듣기만 했다고? 나는 지금 겨우 보름 동안 지도받고 밤낮없이 연습한 후 겁 없이 나가는데….'

서원은 좋은 시가 있으면 좋아서 노래 흥얼거리듯 외워버리곤 했다. 그러다 보면 힐링이 되고 그저 기분이 좋아졌다.

시인의 의도나 감정을 정확히 몰라도 서원은 느낌이 좋아서 외우다 보니 암송하는 시가 수십 개가 되고 때로는 모임에서 암송하곤 했다.

서원이 암송하는 시를 듣고 눈물 흘리던 친구가 있었고 목소리가 성우 같다고 하며 감동하여 다시 시작하게 되었다고 고마워하던 지인도 있었다.

서원은 그날도 최근에 새로 나온 시집을 보면서 빠져 있는데, 그 시를 지은 시인을 직접 만난 게 대회에 나가게 된 계기가 되었다. 시인은 본인 시 암송을 듣더니 시 낭송대회에 나가보라고 적극 권유했다. 얼마 있으면 이 지역에서 하루 차이로 두 개의 시 낭송대회가 있으니, 경험도 쌓을 겸 둘 다 나가보라고.

서원은 한참을 망설였으나 생생한 장면을 소설에 차입하기 위하여 잠입도 한다는데, 라는 생각이 들었다. 더 늦기 전에 한번 나가보자고 합리화했다.

대화에서 내용 이외의 중요성을 말할 때 메라비언의 법칙을 말한다. 대화 상대에게 메시지를 전달하는데 목소리가 차지하는 비율이 38%, 표정 35%, 태도 20%이고 정작 대화 내용은 불과 7%를 차지한다고 한다. 해서 7:38:55의 법칙이라고도 한다. 그러니 시 낭송대회에서 목소리 38%는 대단한 것이다.

좋은 목소리를 타고난 것은 축복이다. 거기에 시의 이해와 시어의 정확한 발음은 물론 노래하듯 호흡을 이용한다.

고저장단과 강약을 정확히 사용하여 시가 지니고 있는 감동을 전하여야 한다. 암송하는 시의 고저를 구분하다 보면 장단에서 걸린다. 말을 배운 후 수십 년이 흘렀으니, 자신도 모르게 굳어진 억양으로 발음하는 버릇이 상당히 많다는 것도 알았다. 고정관념이 나이에 비례하여 선상지처럼 찌꺼기가 쌓여 있다는 것도 확인하게 되었다.

오래전에 집 내부를 리모델링할 때 처음 계획대로 고치고 나면 다른 곳이 차차로 눈에 거슬렸다. 당초 계획보다 많이 늘어나는 게 정상이라던 업자의 말이 생각났다. 서원은 시 낭송을 위한 발음 교정도 리모델링과 매한가지라는 생각이 들어 쓸쓸해졌다.

'내가 생각 못한 이러저러한 어려움이 있어 이제 접을 수밖에 없다고 시인과의 약속을 헌신짝 버리듯 저버릴 수도 없지 않은가.' 서원은 세상에 쉬운 것은 없다는 이치를 다시 확인한 셈이다. 나름대로 보름 동안 최선을 다하여 연습하고 오늘이 된 것이다.

서원은 문학회에서 가는 답사도 불참하고 직접 전화를 피했다. 친정어머니 목욕시키는 일도 그 이후로 미루고 열무김

치 담그는 일도 뒤로 미루었다. 평소의 책임감 강한 서원과
는 매우 다른 처사이다.

학교 다닐 때 벼락치기로 공부해도 서원은 늘 우등생이었
다. 그때는 총기가 좋은 시절이었고 배경지식이 있어서 벼락
치기로 했어도 가능했으리라.

시의 내재율이란 것은 알고 있으나 노래처럼 고저장단, 강
약의 음표가 있고 발성법이 있다는 것을 처음 알았으니, 배경
지식이 제로인 셈이다. 다만 공자님이 말씀하신 "머리 좋은
자는 열심히 하는 자를 이길 수 없고 열심히 하는 자는 즐기
는 자를 이기지 못한다"라는 경구에 의지하고 싶었다. 내가
그런 사람이 되면 되지 않을까 하는 오만함도 있었다.

서원은 이런저런 생각에 잠기며 평소처럼 애써 긍정적으
로 정신력을 강화했다. 마침 내비게이션에서 도착을 알리는
메시지가 나온다. 길을 잘못 들었어도 늦지 않게 도착하여서
다행이다.

문학관은 지은 지 오래되지 않은 것 같은데 주차 공간이
협소하다. 아무리 살펴봐도 이미 꽉 차 있어 돌아서 나가야

한다. 돌릴 데가 마땅치 않아 백으로 나가는 수밖에 없으니, 초보같이 조심스레 내려가서 길가에 주차했다. 서원은 오랜 기간 운전했어도 늘 조심스러워 이렇게 백으로 한참 페달을 밟은 기억이 나지 않았다.

코로나19로 인해 주최 측에서도 이 대회를 위해 상당히 신경을 쓴 듯 출입을 통제하고 천막 속에서 열부터 잰다.

"36.9도~"

주변 사람들보다 높은 온도지만 제재당할 정도는 아니어서 고개를 갸우뚱하며 그대로 기록한 후 출입했다.

경향 각지에서 온 신청자들이 쏟아져 들어오는데 하얀 모시 저고리에 군청색 모시 치마를 풀 먹여 입고 은발을 곱게 손질한 분이 눈에 띈다.

"참 고우시네요."

"입으신 옷 참 예뻐요. 원피스인가요?

"원래 윗옷이 흰색 위에 입는 검정 스리피스인데 비가 올 것 같아 이렇게 입고 왔어요."

서원은 이야기하면서 옷매무새에 저 정도 신경은 써야 하는데 비 온다고 이 옷으로 입고 왔나 하는 후회가 들었다.

보이지 않는 통 속에서 번호 뽑기를 했는데

"둘 다 앞번호라 잘됐네. 오전에 두 사람 다 할 수 있겠어."

경험자 문 여사가 이야기한다. 서원은 내심 18번을 기대했다.

주민등록번호 뒷자리가 18번이고 통장번호 뒷자리도 18번이다. 결혼식도 18일 했고 대학원도 18회인데다 문학상도 18회째 수상했다.

'지금이 18회 대회니 18번째였으면 좋았으련만….'

누가 들으면 허무맹랑한 미신을 믿는다고 하겠지만 경합에 앞서 인간의 약한 마음이 무엇엔가 기대게 되는 것은 인지상정이 아니냐고 서원은 부족한 자신감을 합리화했다.

듬직한 젊은 남자분이 첫 번으로 낭송을 시작했는데 옆에 있는 강원도에서 온 여자 낭송가가 다음에 자기라며 동영상을 부탁한다. 서원도 이따가 찍어 주겠다며.

그다음 문 여사 차례인데 경험이 많아선지 연습 때보다 더 잘하는 것을 느낄 수 있었다.

차례가 가까워 서원은 줄에 서서 기다리다가 마스크를 벗

어 놓고 소독된 마이크 덮개를 받아서 끼우는데 갑자기 찢어
져 버렸다. 오늘 왜 이러나.

당황스럽다. 다시 받은 마이크 덮개를 씌우고 배꼽 인사를
공손히 하였다.

'처음이 중요하다고 했으니 첫 소절을 배운 대로 해야
지….'하는 생각을 먼저 한 것 같다. 평소에 서원은 무대 체질
이라 떨지 않는다고 생각했는데 앞의 심사위원 일곱 분이 보
이니 심장의 빠름이 느껴진다.

시작을 알리고 소개할 때도 저분들이 심사하시는구나 하
고 크게 위축되지 않았는데 막상 이 순간에 무게가 느껴지니
집중하지 못한다는 반증인가.

서원은 가끔 돈키호테처럼 겁 없이 무엇을 시도할 때가 있
다. 이제껏 불가능한 큰 것에 도전하지 않아서 큰 실패의 경
험이 없다는 자신감이 내심 똬리를 틀고 있는지도 모른다.

이번에도 소설로 당선되고 나서 받은 시집을 보고 그 시에
빠져서 단박에 외워버린 게 낭송시가 되었다. 지난해 몽골로
여행을 가서 비행기를 놓친 것이 좋은 부부로 다시 돌아오게
되었다는 반전으로 소설 당선이 되었다. 그래선지 서원은 몽

골의 유목민이 맞는 아침에 공감이 더 갔는데, 막상 시 낭송 대회 날이 가까워져 오자 시인이 내가 느끼는 이 시심으로 시를 지었을까 하는 의문이 일었다. 참가신청서를 낸 후에 그런 생각이 들었으니 사후 약방문 격이다. 진즉에 시심을 공유했어야 했는데….

딴에는 제대로 한 것 같은데 자신도 예상 못 한 오버액션이 나왔다. 배울 때 중간에 손짓해 봤는데 안 하는 것이 좋을 것 같다고 했다. 하지·않으려 했는데 헛손질을 한 번 더 해서 두 번을 했으니….

서원이 자리에 왔더니 문 여사가 연습 때보다 훨씬 잘했다고 칭찬한다. 동영상을 찍어 주겠다고 했던 옆자리의 낭송가는 서원의 스마트폰이 안 되어서 자기 것으로 찍었으니 이따 보내주겠다며 자리에서 일어섰다.

차례가 끝나서 이제 화장실을 다녀오는데 어느 중후한 신사가

"산산이 부서진 이름이여. 부르다가 내가 죽을 이름이여…"라고 하며 서원을 빤히 본다. 서원은 당황스러워 그저

멀거니 바라보았다.

"혹시 통영이 고향 아니세요?"라고 한다.

"아니 맞는데요. 저를 어떻게 아세요?"

"나 몰라보겠어? 오문석. 방부제를 썼는지 하나도 변하지
않아서 아까 낭송할 때 단박에 알아보았어"라고 하며 명찰을
들어 보인다.

순간 기억 저 아래 창고에 먼지가 뽀얗게 쌓인 보석함 속
그리움이 부유했다. 서원은 저세상 사람을 만난 듯

"아니 어떻게 문석이 오빠가 여기에 왔어요?"

"지금은 대전에 사니 새벽에 출발했지. 너무 반갑다."

바리톤 음인 그가 오늘은 테너인 듯 높은음으로 반가움을
표시하며 말을 놓는다.

"그런데 아무리 내가 좋아도 그렇지. 시인 이름을 생략하
면 어떻게 해? 대 놓고 아주 내 이름을 부르지 그랬어"라고
한다. 나는 기억을 하지 못하는데 첫 소절을 잘해야 한다는
강박 관념으로 제목을 낭송하고 바로 내용으로 들어갔나 보
다. 먼저 들숨을 쉰 후 시작해야지 했는데 그것도 생각 못 하
는 것을 보면 완전히 초짜 티를 낸 것 같다.

'아니, 내가 대형 사고를 쳤구나'라는 생각이 스쳐 가며 서원은 얼굴이 화끈했다.

'하필이면 첫사랑 앞에서 그런 실수를 하다니. 앞에서 심사하던 그 시를 지은 시인을 어떻게 다시 볼 것인가. 그래서 아까 다른 여자 심사위원 한 분이 그렇게 안타까운 눈으로 나를 바라보았구나, 아마 시인 이름을 패스한 사람은 내가 처음이겠지….'

서원은 정말 어처구니가 없었다.

문 여사는 연습 때보다 훨씬 잘했다고 서원이 무안할까 봐 또 칭찬한다. 실수를 확인하고 싶은데, 동영상을 찍어 주겠다고 했던 옆자리의 낭송가는 아직 보이지 않는다.

소를 몰고 가며 시집을 읽던 문석을 서원은 담 너머로 내다보곤 했다. 문석의 집과 서원의 집은 돌담 하나를 사이에 두고 있는 이웃이었다. 가끔은 우연인 듯 쫓아가서

"오빠, 무슨 책이야? 무지 재미있나 봐"라며 책 표지를 봤는데 시집이었다. 그때도 소월 시집이었을 것이다.

소를 뜯기며 시를 암송하는데 목소리가 어찌나 좋던지. 바

리톤 누구누구라고 해도 부족하지 않을 것 같았다. 문석은 서원에게 따라 해보라 했다. 정확히 무슨 뜻인 줄 모르면서 그냥 그가 하는 대로 읽는 시를 따라 했다.

서글서글한 눈매에 코는 어찌 그리 조각 같이 잘 생기고, 입은 우유를 먹는 아기 입같이 귀엽던지. 부조화 같으면서 조화를 이루는 거무튀튀한 피부는 상남자 여기 있다고 하는 것 같았다.

서원은 날마다 소월 시집을 필사했다. 나중에 그리워할 추억을 그렇게 시나브로 써 내려갔다. 서원은 문석을 생각하며 때로는 시에 문장을 곁들여서 잠을 설쳐가면서 마음을 전하는 연서를 용감히 썼다.

그러나 날이 새고 아침에 다시 읽어 보면 스스로 유치하다는 생각이 들어 얼굴이 붉어졌다. 그래서 한 번도 부친 적이 없으니 이름값 못하는 휴지 나부랭이가 되어 소각되었다. 아무리 노력해도 청마 유치환과 정운 이영도 사이에 오갔던 연서는 언감생심 흉내도 못 내었다. 그때는 그들처럼 아픈 사랑이라도 상관없다 싶었는데….

생각해 보니 지금 서원이 글을 쓰는 것도 다 그의 영향이 많을 것이라는 생각이 들었다. 새로 만난 시인의 권유가 동기부여가 되어 시 낭송대회에 나왔다고 서원은 생각했었다. 그러나 시작은 오문석 그가 읽는 시를 따라 하고 필사할 때부터 서원의 마음 밭에 시가 자라고 있었으리라.

그때 문석은 고등학교 2학년이고 서원은 중학교 1학년이었으니 그가 보기엔 이웃집 꼬맹이 계집애에 불과했을 테지만 서원에겐 첫 이성이었다.

처음에는 넉살 좋게 다가가기도 했지만, 서원에게 초경이 시작되고 더 이상 그 앞에 나설 수가 없었다. 가슴이 콩닥콩닥 뛰는 소리가 그에게 들릴 것 같고 얼굴이 빨개져서 그에게 마음을 들킬 것 같았다.

그래서 가능하면 그 집에 심부름도 가지 않고 동생들을 시켰다. 그래도 보고 싶다는 생각이 드는 것은 어쩔 수 없었다. 이 무슨 이중적인 작태일까 하는 생각이 사춘기 서원에게 없지 않았다.

그가 고3이 되고 나서는 담 밖을 아무리 기웃거려도 그를 볼 수 없었다.

그다음 해인가 문석이 육사 제복을 입고 보무도 당당하게 지나가는데 너무 멋져 보여 "오빠~" 소리가 튀어나올 뻔했다. 그리곤 자신을 돌아보니 단발머리 초라한 계집아이가 보였다. 바지에 세운 줄에 손을 대면 베일 듯 그는 날렵하고 늠름해 보였는데 그 예리함에 서원은 마음이 베인 듯 뒷걸음쳤다.

문석이 자기 집에 한 번 다녀가고 나면 서원의 마음에 구멍이 숭숭 난 듯 며칠을 잠 못 들곤 했다. 사골을 마지막 삶아서 버리는 뼈에 구멍이 숭숭 나 있던 모습이 꼭 자신이 아닐까 싶었다. 그런 자신이 싫어서 치기로 남망산까지 가서 비를 흠뻑 맞으며 물귀신 같은 모습으로 돌아와 며칠을 끙끙 앓았다.

지나고 보니 첫사랑이었지 싶다. 중 삼이라 시험공부를 해야 한다는 의무감이 없었다면 서원의 짝사랑은 더 오래갔을지도 모른다.

남자는 목표 지향적이고 여자는 관계 지향적이라고 흔히 말하지만 그때나 지금이나 서원은 마음먹으면 관철해야 한다는 목표 의식이 강했다. 남자들같이 목표 지향적이라고 하는 게 맞을지 모른다. 어느 날 서원은 자신이 마음을 접는 게 자존심에 상처를 덜 입을 것이라는 생각이 들었다.

'그래. 그와 나는 가는 길이 달라. 나이 차이도 있고. 나는 이제 고등학생이 될 것이고 그는 별을 단 장군이 될 텐데….'

서원은 그렇게 자신을 다독이며 바리케이드를 치듯 애써 그에게서 마음을 멀리 떼어 놓았다. 눈에서 멀어지면 마음도 멀어진다더니 서원도 직장엘 들어가고 좋아하는 남자가 생겼다.

어느 날 그가 임관하고 두 해 선배와 결혼한다는 소문이 돌더니 서원의 집에도 청첩장이 왔다. 그게 벌써 20여 년 전이다.

'그렇게 오랜만에 만났는데 그런 창피한 실수를 했으니.'

서원은 운명도 참 얄궂다는 생각에 잠겨 있는데 사회자가 점심시간을 알리는 멘트를 한다. 그는 일행이 있는지 먼저 나가서 보이지 않는다. 전화해도 받지 않는다.

'동행인이 있나. 처음에는 그렇게 반가워하더니 전화도 받지 않고. 그때나 지금이나 무심한 것은 똑같네. 하긴 전화를 끄거나 묵음으로 해 놓으라 했으니 못 들었겠지.' 서원은 나름대로 좋게 해석했다.

서원은 한적한 곳에서 문 여사가 준비한 김밥을 같이 먹었다. 문 여사가 본인의 동영상 녹화한 것을 틀기에 옆의 낭송가가 보내준 것을 눌렀으나 녹화가 되지 않았음만 확인했다.

"녹화가 안 되었나 봐. 내가 보기엔 연습 때보다 훨씬 잘했으니, 예선이야 통과시켜 주겠지. 시작할 때도 심사위원장이 그랬잖아. 조금 실수해도 예선이니 시 낭송할 자질만 있으면 된다고. 일부러 그런 것도 아닌데 뭐…"라고 한다.

"시인 앞에서 그 이름을 생략하는 대형 사고를 쳤는데 설마 통과가 되겠어요? 일부러 그랬다고 하는 소리는 학교 다닐 때 많이 들었어요"라고 응수하면서도

'그랬으면 좋으련만 하는 미련이 남는 것은 어리석은 인간이기 때문이리라.' 서원은 자신을 나무라고 싶었다.

'늘 서재에 놓고 취침하던 스마트폰을 끼고 자서 한밤중에 카톡이 울리고 꿈에서도 내미는 손을 잡지 않았다. 미용실 원장이 약속을 잊어 비상벨이 울려 보안업체 직원이 출동했다. 현대의 정확한 지도 필수품 내비게이션이 엉뚱한 데로 안내하고 주차장에 공간이 없어 백으로 한참을 나왔다.

마스크 덮개가 갑자기 찢어진 게 다 조짐이었다는 생각이 이제야 들었다. 하인리히 법칙이 떠올랐다. 하인리히 법칙 (Heinrich's law)은 한 번의 큰 재해가 있기 전에, 그와 관련된 작은 사고나 징후들이 먼저 일어난다는 법칙이다. 큰 재해와 작은 재해, 사소한 사고의 발생 비율이 1:29:300이라는 점에서 '1:29:300 법칙'으로 부르기도 한다. 하인리히 법칙은 사소한 문제를 내버려 둘 경우, 대형 사고로 이어질 수 있다는 점을 밝혀낸 것으로 산업 재해 예방을 위해 중요하게 여겨지는 개념이다.

'큰 재해는 사소한 징후가 미리 일어나니 예방하라는 것인데, 큰 실수를 하려고 몇 번의 조짐이 일어났다고 면피하려는가. 하인리히 법칙과는 질이 다르니 정신 차리라고. 아니야 이것은 자존심의 대형 산업 재해야.' 서원은 고개를 절레절레 흔들었다. 그래도 그렇지. 감히 시인의 이름을 패스하고 그것을 의식도 못 한 채 또 헛손질했으니. 더 가관이었던 것은 20년 만에 만난 첫사랑이 그것을 지켜보았다니. 서원은 생각할수록 부끄러웠다.

사주 명리학에서 사람의 대운이 바뀔 때를 십 년으로 본다. 서원은 의존하게 될까 봐 그런 것을 크게 믿고 싶지 않았다. 그러나 본인의 대형 사고를 떠올리면 사주 명리학은 상당히 앞서가는 통계적 학문이 아닐까 하는 생각을 하게 된다.

서원은 그 십 년 사이에 있었던 조금은 억울한 이야기도 생각이 났다. 한 번은 친구가 어떤 자매를 가리키며 언니 동생 사이라고 소개했다. 서원은 둘이 너무 닮지 않아서

"저 선배하고 규연하고 친자매야?"라고 물었다. 그랬더니 주위 친구들이 서로 눈짓을 하는 것 같더니 분위기가 싸늘해졌다. 요즈음 시쳇말로 갑분싸가 되었다. 아니 왕따가 된 것인가. 서원은 이유를 알지 못했다.

규연은 참 예쁘게 생겼는데 그 선배와는 하나도 닮지 않아 육촌이나 팔촌쯤 될 거로 생각하고 궁금해서 물은 게 잘못이었다. 규연이 첩의 딸이었다는 것을 나중에 알았다.

"머리 좋은 아이는 그런 식으로 표현하는구나"하는 소리를 들어야 했다. 서원이 중학교 입학하고 지능 검사를 했을 때 수치가 제일 높이 나왔다는 이유로 졸업할 때까지 그런 오

해를 받았다.

사소한 일이어서 다 잊은 줄 알고 살았는데 대형 사고를 또 치고 나니 지난 일이 아문 상처를 째고 소금을 뿌린 듯 쓰라려 온다.

점심 식사 후 시 낭송대회가 다시 시작되기 전 낭송하는 시를 잊어 기회를 다시 얻었던 한 낭송가가 그 시인한테 가서 고맙다는 인사를 하는 것 같았다. 서원도 뒤따라가 그 남자 뒤에서

"존함을 생략해서 정말 죄송합니다. 초짜 티를 냈네요"라고 진심으로 사죄했다.

계획대로 시 낭송대회가 진행되고 강평하는 시간이 되었다.

"왜 시 낭송을 하는가. 시가 가지고 있는 감동을 전하기 위해서 시 낭송을 한다. 18회째를 맞은 이 대회의 격이 오늘 떨어졌다 싶은 것은 여러분들이 겸손하지 않고 건방져졌기 때문이다. 여러분들의 훈련이 부족한 것이다. 정확한 발음은 기본이고 호흡으로 연과 행을 구분해야 하는데 그것도 하지

않는다. 시인이 연과 행을 구분할 때는 잠 못 자면서 애써 신경을 쓰지 않았겠는가."

서원에겐 네가 잘못해서 나의 시를 망쳤다는 소리로 들렸다. 그것은 자격지심이지 그 소리가 아닐 텐데도 고개를 들수 없었다.

"시를 보는 눈이 있어야 하고 고르는 눈이 있어야 하며, 소화하는 훈련으로 실력이 있어야 한다. 시 낭송대회 목적에 맞는 시를 낭송하는 혜안이 있어야 한다. 어떻게 감동하게 할 것인가 고민하고 지나친 제스처는 쓰지 말아야 한다. 분위기를 깨게 된다"라고 부언하는데 또 서원은 헛손질한 손이 걸려서 자기 손을 빤히 쏘아보았다.

관계자가 그전에는 먼 지역 시인 협회에서 일부러 버스 대절하고 와서 들었다고 하더니 그런 강평답다. 서원은 오늘 여기 와서 참 많이 배웠다는 생각이 들었다.

서원은 무참하게 떨어진 것을 느끼면서 확인 사살이라는 게 이런 게 아닐까 하는 생각이 들었다.

'더군다나 소설을 쓰는 분이 왜 여기 계신 지. 하긴 어휘력이 그분만큼 적확한 분이 없으니, 심사위원으로 모셨겠지.'

앞에서 지켜보던 다른 한 소설가한테 대단히 민망한 생각이 들어 나중에 문자라도 보내야겠다고 생각했다.

'가끔 제 미친 짓이 가만히 있는 누군가를 곤란하게 한다는 것을 미처 생각지 못했습니다. 그분이 선생님이 되셔서 정말 죄송합니다. 저 자신에게 무척 화가 났지만 그래도 많이 배우고 글 쓰는 데 생생한 도움이 되었다고 생각하기로 했어요. 사람 놀라게 하는 재주를 갖고 있다고 관용해 주세요.'

'괜스레 나가서 소설가는 끊임없는 훈련을 통해서 이룰 수 있지만 시인은 영감을 갖고 태어난다는 말씀을 가만히 있는 그 분도 듣게 했구나'하는 자괴감이 들었다.

사실 이 말에 거부감도 없지 않았다.

'본인이 시인이면서 시인은 영감을 갖고 태어난다고?'

그러나 아침을 여는 시에 게재된 '다시 6월'이란 시인의 시를 읽으며 서원은 감동하여 눈가가 시큰하더니 눈물을 주체할 수가 없었다.

전쟁이 끝나고 학교에서 주는 주먹밥을 먹지 않고 할머니와 동생을 생각하며 집에 가져간 소년이 아욱죽을 쑤어 온 식구가 먹었다는. 그 시는 '주먹밥 같은 하얀 꽃 하얀 꽃 하얀 일혼 살'이라 마무리를 지었다. 그 시를 생각하니 서원은 시인은 영감을 갖고 태어난다는 말을 인정하지 않을 수가 없었다. 선구자의 후손이라 역시 다르다는 생각도 들었다. 서원이 아무리 노력해도 이렇게 감동을 주는 시를 지을 수 있으랴.

어느 날 늦게 오늘 저녁에 서리가 온다고 예보되어 서원네 온 식구가 고추밭에 매달린 적이 있다. 고추밭이 워낙 커서 조금밖에 못 따고, 그믐밤 온 지구에 불이 꺼진 듯 캄캄하고 추워졌다. 알뜰하고 다부진 어머니도 더하다가 사람 잡겠다고 포기하며 일을 마쳤다. 이튿날 고추밭은 무서리에 폭삭 삶겨서 가슴을 무너지게 했다. 서원에게 지금 지난 일이 생각나는 것은 진즉 서리가 오기 전에 추수를 다 했더라면 이런 패배감은 없었을 텐데 하던 마음이 되살아났기 때문이다. 그때는 일손이 모자라기 때문이었지만.

서원은 마음을 정리하고 나오며 붙은 방을 흘끔 보니 예선에서 본인 말고도 반은 정리가 된 것 같았다. '경쟁사회에서

언제나 탈락자는 있게 마련인데 준비를 충분히 못 하고 나온 내 탓이지. 내 눈 내가 찔렀으니….'

툭툭 마음을 털며 현관을 나오는데 전화가 울렸다. 보고 가라는 문석의 전화인데 바로 뒤에서 그와 동행한 분이

"말씀 많이 들었습니다. 우리 회장님 낭송시에서 부르던 그 짝사랑을 여기서 뵙네요. 아까 점심시간 내내 윤 선생님 이야기를 하셨어요. 바쁘지 않으시면 읍내에 나가서 차라도 한잔하고 가십시다"라고 한다.

그때 문 여사가 전화를 받는다. 오송이 시댁인데 오늘 시 댁에 가기로 해서 남편이 집에서 출발했다고 한다. 오송에서 내려주어야 할 것 같다. 아무리 첫사랑을 만났어도 그 이야 기를 듣고 차 마시러 가자고 할 수가 없었다. 이런 상황을 대 충 이야기하고 나니 그의 일행이

"윤 선생님, 아주 아쉽네요. 잠깐 저 좀 보고 가시면 안 될 까요?" 따로 전할 말이 있다는 듯 조심스럽게 서원을 붙잡는 다. 그쪽 사람들은 슬슬 가고 있는데.

"사실은 우리 오 회장님이 지난해 상처를 하셨어요. 아이 들은 다 장성해서 외지에 나가 살고 혼자 사시는데 많이 외로

우신가 봐요. 대전과 청주는 가까우니 가끔 만나서 대화라도 나누면 좋으실 것 같아서요. 이목이 신경 쓰이시면 이렇게 우리와 같이 만나서도 좋을 텐데…."

앞에 가던 문석이 일행과 타고 온 차인 듯 그 앞에서 기다리고 있다.

"서로 일행이 있으니, 다음을 약속하지요"라며 문석이 손을 내미는데 서원은 샐녘 꿈에서 잡지 않은 그 손이라는 생각이 들어 아슴아슴해졌다.

매지구름

아직은 시월인데 매지구름이 몰려와 비를 뿌리니 을씨년스럽다. 내일 10시 면회시간에나 볼 수 있다고 한다. 보호자 한 사람만 사용할 수 있는 지하 대기실로 내려갔다.

어제 두 시에 남편이 입원했다. 병원에서 소지품을 넣을 수 있는 보관함과 의자를 배정했다. 환자가 중환자실에 있을 동안 기거할 수 있도록 만든 서글픈 공간이다. 어두컴컴한 실내에 높낮이를 조절해 누울 수 있는 의자가 징검다리로 놓였다.

보호자를 위한 의자가 불편하고 낯설다. 사람들이 수시로 드나들고 항의하는 목소리가 뒤섞여 소란스럽고 재래시장에 온 느낌이다. 그래도 수술이 잘 되었다니 며칠이야 견딜 수 있겠지 하고 잠을 청했다. 뒤척이다가 잠깐 잠든 것 같은데 새벽이 되었다.

조간신문을 사들고 여덟 시부터 중환자실 문이 열리기를 기다렸다. 신문을 펴 들었으나 활자가 눈에 들어오지 않는다. 엘리베이터와 비상계단 출입구를 오가며 문이 열리기를 기다렸다.

열 시에 문이 열리고 하루 만에 반쪽이 된 남편의 얼굴이 보였다.

수술로 인한 고통으로 얼굴이 일그러졌고 바싹 마른 입술로 아픔을 진정시켜 달라고 애원한다. 중환자실 담당 의사는 보호자가 나타나기를 기다렸다는 듯 나를 보자 지시부터 한다.

"이진석 씨 수술이 잘 되었으니 당장 집중치료실로 옮기세요. 대학병원은 환자가 많아서 얼른얼른 옮겨야 순환이 됩니다. 아셨죠?"

환자가 아픈 것쯤은 대수롭지 않다는 표정으로 의사가 말했다.

"아니 저 고통스러운 표정이 수술이 잘 된 얼굴이에요? 통증이 심해서 저한테 어떻게 좀 해달라고 호소하고 있잖아요."

"보호자가 의사인 줄 착각하고 있는 것 같은데 내가 의사요. 내가. 의사가 알지, 보호자가 어떻게 알아요? 그럼 수술한 중환자가 웃어요? 당장 옮기세요."

참 의사가 갑이라지만 좀 심하다 싶었다.

그렇다고 그냥 물러설 내가 아니다. 열아홉 살에 공직에 입문해 지방직의 별이라는 서기관까지 올라왔다. 여직원이라는 핸디캡을 강점으로 사용한다는 남직원들의 볼멘소리도 감수하고, 여낙낙한 사람이 어쩜 그리 대단하냐는 소리도 들었다. 천여 명 여직원 중에 둘 밖에 없는 희소가치가 있어서일 것이다.

'책에서 읽고 직장생활로 터득한 인간관계의 노하우, 강한 자에겐 더 강해야 한다는 논리를 보여주어야 할 때다'라는 생각이 번개처럼 스쳐갔다.

"내가 저 양반이랑 삼십여 년을 살았어요. 표정만 봐도 어떤 상태인지 금방 알 수 있어요. 지금 검사를 해서 이상이 없으면 바로 옮기지만 이상이 있으면 옮길 수 없는 거 아닙니까? 필요한 검사를 바로 해주세요. 부탁합니다."

옷소매라도 잡을 듯 단호하게 요청했다.

"검사비가 많이 나와도 뭐라지 마세요."

의사가 자존심이 상한 듯 퉁명스럽게 내뱉는다.

면회시간이 끝나고 쫓기 듯 불안한 마음으로 중환자실에서 나왔다. 아무리 바쁘고 그냥 직업이 의사라 해도 너무 한다. 사람을 공장에서 잘못 생산되어 버리는 불량품같이 마구 취급하고 경시하다니. 이게 어디 사람을 살리는 의사인가. 어느 작가가 쓴 인간시장이 떠올랐다.

한쪽 발은 아름다운 동화 속에, 다른 한쪽 발은 끝을 알 수 없는 구렁텅이에 담근 채 살아가고 있는 게 인생이라지만….

찜찜하나 어떻게 할 수도 없어 스마트폰을 들었다 놨다 하며 쏘아본다. 입술이 바싹 마르고 입안이 익모초를 씹은 듯 쓰다. 점심을 먹지 않았는데 배고픔도 모르고 마음만 급하다. 검사는 어찌 그리 오래 하는지 답답하기 짝이 없다. 뇌 CT 찍는 시간들이 길을 잃었는지 일 분이 한 시간처럼 더디고 길다.

세 시가 넘어서 전화가 왔다.

수술한 머리 뒤에서 출혈이 되고 있다고 한다. 불길한 예상이 맞았다.

당장 집도의를 만나야 될 것 같아 지금 어디 계시냐 했더니 외래 환자 진료 중이라고 한다. 수술 전 진료를 받았던 사무실로 날파람 나게 찾아갔다.

"수술 환자가 뇌출혈이 되고 있어 교수님을 만나야 합니다."

"입원 환자는 회진시간 아니면 만날 수 없어요. 병원 규칙이에요."

젊은 간호사가 대수롭지 않게 대답한다. '뭐 규칙이라고? 규칙도 다 사람을 위해서 있는 거 아닌가?' 화가 나지만 간신히 참았다.

'세상을 잘 살아가려면 급히 병원에 갈 때 도와줄 수 있는 힘 있는 사람 하나, 은행 대출 시 도와줄 수 있는 사람 하나, 검경에 불려 갔을 때 도와줄 수 있는 한 사람을 가져야 한다'라는 말을 흘려들었는데 다급하니 그때 생각이 스쳐 간다.

'시간이 급한데 그런 생각이 지금 무슨 도움이 되랴. 우리의 문제는 현장에 답이 있다는 우문현답이 떠올랐다. 그래, 부딪쳐 보는 거야.'

"여기 책임자가 누구예요?"

운영부장을 알려준다.

"어제 수술한 이진석 환자가 하도 고통스러워해서 검사를 했는데, 지금 수술 부위에서 뇌출혈이 되고 있답니다. 골든타임 놓치면 큰일 나요. 교수님을 일 분만 만나게 해 주세요."

운영부장에게 지푸라기라도 잡는 심정으로 호소했다. 운영 부장인 수간호사는 초강초강해도 든직하고 진술한 사람 같았다.

"얼른 들어가세요."

"선생님, 어제 수술한 이진석 환자가 뇌출혈이 되고 있답니다. 어떻게 해요? 약이 있으면 약으로 즉시 조치를 해주시고…."

"네. 지금 보고를 받았습니다. 그런 약은 아직 없고 재수술을 해야 합니다."

참 기가 막힌다는 게 이런 것이구나 싶다.

"그럼 속히 재수술을 해 주세요."

에스컬레이터에 올라서며 창밖 하늘을 보니 무심한 매지구름이 서서히 올라간다.

전국에서 예약을 한 환자들이 그날만을 기다려 쭉 대기하고 있는데, 집도의라는 책임감 때문인지 환자들을 물리고 재수술을 한다고 한다. 그나마 다행이다. 마음은 일 분이라도 빨리 서두르고 싶은데 수술 준비하느라 다섯 시부터 재수술이 시작되었다.

처음 수술보다 훨씬 긴장이 된다. 조상님과 부처님께 두 손을 모았다. 몸이 달아서인지 믿음이 부족해서인지, 시간이 가며 세상의 보이지 않는 모든 신들을 찾게 된다. 기도가 무한대로 확대되는 것이다.

하느님, 아니 그 외의 모든 신들께 매달리는

"오 방 내외 안위 제신 진언."

천수경의 경구가 절로 나왔다. 어느 신도 서운치 않고 다 도울 수 있게⋯.

처음으로 보이지 않는 신을 향해 비장한 심정으로 무릎을 꿇었다. 그리고 살려달라고 애원했다. 살려만 주신다면 온 정성으로 그이를 위해 감사한 마음으로 살겠다고 맹세했다. 가지고 간 불경을 반복해서 지송하며 애써 좋은 생각만 한다.

'보이지 않는 것이 내 눈에 이상 있다고 보인 것도 그렇고, 집도의가 그 시간에 외래 환자를 진료하고 있었던 것도 다 잘 되려고 그랬던 거야. 마침 수술 중이었다면 이 시간에도 가능하지 않았을 텐데….'

천장 가까운 안내 전광판에 환자 이름이 차례로 지워지고 수술 종료를 알린다. 상황이 달라졌나 싶어 수술실 쪽으로 온 신경이 곤두선다.

그제 입원을 하면서 의사는 내일 수술을 하니 저녁은 일찍 간단하게 먹으라고 했다. 평소에 빵을 좋아해서 병원 내 제과점에 들어가려고 밖에서 가격표를 보니 조그만 생과자 하나에 오천 원이라고 붙어 있다. 대학 병원이 비싸다고 하더니만….

"가까운 곳에서 먹지?"

매지구름 77

남편이 고개를 저으며 옆 마트로 걸어간다. 거기서 점을 찍는 점심보다 못하게 저녁을 빵 하나로 해결했다.

그리고 수술 동의서에 보호자 서명을 하래서 읽어 내려가다 보니 이건 아니다 싶었다. 아무래도 몸의 제일 중요한 뇌 수술인데 평소에 건강해 입원한 적 없다고, 너무 안일하게 판단했다는 생각이 들었다. '죽을 수도 있다고?' 몸이 오그라들고 무서웠다.

그런 사람이 비싸다고 해도 더 좋은 것을 먹였어야지, 만일 일이 잘못되면 평생 빵을 입에 대지 못할 것 같았다. 초긍정으로 살았는데 그때만은 자책이 많이 되었다.

'그깟 생과자가 몇 푼이나 된다고. 죽을 때 싸 갈 것도 아니면서 쪼다같이….'

평생을 근면 성실하게 근무하고 지방직으론 최고위직까지 오른 남편이 일 년 공로 연수에 들어간 후 직장인으로서 마지막 종합검진을 받았다. 바빠서 시간을 낼 틈도 없었지만 자기 아니면 안 될 것 같이 직장에 올인한 모범 공무원이다.

젊어서도 휴일에 대개 출근해서 아들이 놀러 가자고 하면 엄마하고 다녀오라 했다.

"사람들이 아빠가 없는 줄 알아요."

아들이 뾰로통해져서 가지 않겠다고 심통을 부렸다.

건강진단 시 이곳 이름난 뇌혈관 전문 병원에서 검사비를 추가하여 뇌 검사를 한 게 시작이었다. 뇌 동맥이 부풀었다고 한다. 찬찬한 남편은 소견서를 가지고 지역 대학 병원에 가서 뇌 MRA로 확인받았다. 그런 후 권위 있는 명의가 있다는 서울의 큰 병원을 차례로 순회했다.

부푼 위치가 좋지 않으니 조치해야 뇌출혈을 막을 수 있다고 대학 병원에서 수술을 권했다. 서울에서도 두 군데는 그렇게 말하고 시술하라는 데도 있었다. 오직 절대자만이 알 수 있다고 하며 죽을 때까지 아무렇지 않을 수 있다고도 했다.

남편은 집도의가 젊으니, 머리와 손이 더 빠를 것이라고 S 대학병원 뇌동맥 명의 지문하 교수로 결정을 내렸다. 내가 공로 연수에 들어가는 칠월 이후에 했으면 했는데 마침 시월 말로 수술 날짜가 잡힌 것이다. 사실 A 병원 뇌동맥 전문의에게 마음이 끌렸지만, 본인 의사가 중요하지 않은가.

처음에는 서너 시간 걸린다고 하고 퇴원도 사오일, 많아야 일주일이면 된다고 했다. 별로 심각하게 생각지 않아 큰집이나 친정에도 알리지 않았다. 너무 낙관적으로 생각했구나 싶어 시간이 길어지며 초조해진다.

보호자 대기실에 켜 놓은 텔레비전에서는 어제 마왕 신해철이 의료사고로 운명했다고 하더니, 연이어 탤런트 김자옥이 사망했다는 뉴스가 나온다. 애써 외면했다.

벌써 자정이다. 재수술 시작한 지 일곱 시간이 지났다. 기다리던 다른 보호자들은 수술이 끝나 썰물처럼 다 빠지고 시간만이 저벅저벅 지나간다. 긴장이 되고 불안해도 불길한 생각은 한 번도 들지 않았다.

자정이 지나 드디어 "이진석 님 보호자 분." 호명하는 소리가 들렸다. 저세상에서 살아온 듯 반갑다. 중환자실로 호송하는 그를 따라가며 간신히 볼 수 있었다. 기도를 들어주셨다는 것에 감읍했다. 기도는 한 마디도 땅에 떨어지는 법이 없다고 하더니….

그이가 다시 중환자실로 들어가고 자식들이 내려가니 너

무 긴장한 탓인지 힘이 쭉 빠져서 간신히 지하 보호자실로 돌아왔다. 어제 잠을 못 자서 소음 속에서도 눈이 감기는데 웅성거림에 눈을 떴다. 중환자실로 쫓아가 문이 열리기를 다시 기다린다.

마침 중환자실에 집도의가 와 있었다. 보호자를 알아보고 "고통이 너무 심할 것 같아 수면 치료를 했으니 한 오 일쯤 후에나 깨어날 것입니다. 편하게 마음먹고 집에 가서 쉬시다가 그때 오세요. 보호자가 할 일이 없습니다." 이미 자기들의 잘못이 있어선지 말씨가 한결 정중하다. 면회해도 수면 중이니 그렇게 하는 게 맞는 것 같은데 그럴 수는 없었다.

길어야 일주일을 생각했으니, 집에는 한 번 다녀와야 할 것 같다. 십 년 전에 들은 종신 보험 생각이 났다. 뇌동맥 수술은 해당이 안 되지만 뇌출혈이 발생했으니. 후딱 집엘 다녀와서 면회 시간을 맞추었다. 면회 시간이 지나면 지하 법당으로 내려갔다. '병환 중의 기도'라는 책자를 발견하고 그대로 정성을 다하여 기도했다. 닷새째 아침 면회 시간까지도 눈을 뜨지 않아서 애가 탄다. 수면 중이라도 내 말이 영혼을 깨우는 새벽 종소리가 되기를 소망하며 중얼거렸다.

"당신 의지가 강한 사람이니 일어나실 거죠? 평생 일만 한 사람이니 너무 피곤해서 지금 쉬고 있는 거예요. 젊어서는 마라톤하고 입원 전에도 골프하고 등산 다녔잖아요. 인제 그만 일어나세요. 그만 애태우고 눈 떠요."

읍소하는 어깨 위로 토닥이는 손길이 느껴진다.

닷새를 꽉 채우고 그이가 눈을 떴다. 알아보는 표정이다. 얼마나 고마운지

"감사합니다. 감사합니다." 소리가 연실 터져 나온다.

옆에는 통영의 여중생이 입원하고 있었는데 면회 시간에

"아저씨가 한밤중에 벌떡 일어나 얼마나 기겁했는지 몰라요."

묻지도 않는 소리를 전해주어 그 고통이 얼마나 심한지 마음이 아팠다. 그래서 그랬는지 밤에는 사지를 못 움직이게 묶어놔 팔목이 시퍼렇게 멍들어 있었다. 초광속으로 발전하는 현대의학이라더니 멀쩡한 사람을 저 지경까지 만들어 놓고….

그렇게 당당하던 레지던트도 재수술하고부터 꼬리를 쫙

내렸다.

S 대를 나와 모교에서 레지던트 과정을 밟고 있는 재원이라 한다. 우윳빛 피부가 받쳐주는 이목구비에 키까지 크다. 교만하고 안하무인이 될 필요충분조건을 준 신도 참 공평하지 못하다는 생각이 들었다.

그래도 다른 징후가 없어서 열하루 만에 집중 치료실로 옮길 수 있었다.

말 그대로 중환자실에 있던 환자들이 일반 병실로 가기 전 집중 치료를 하는 곳이다. 그곳에 온 지 이틀째 희멀겋게 잘생긴 청년이 스마트폰을 보며 링거 지지대를 밀고 들어온다. 여기는 다 중환자실에서 오는 곳이라 걸어서 오는 환자는 없는데 참 이상하다 싶었다.

수술 후유증인지 남편이 갑자기 가렵다며 피가 나도록 긁는다. 평소에도 참을성이 강하고 싫은 소리를 하지 않는 사람이 저럴 정도면 심하다 싶어 의사를 찾았다. 의사가 수술 중이라 했는데, 조금 있으니 찾는 의사를 비롯해 머리가 희끗희끗한 의사 등 예닐곱 명이 병실을 가로질러 간다. 빤히 보고 있자니 집중치료실 내에 유일하게 유리문이 있는 그 청년

앞에 가서 머리를 조아린다. 흔히 의사를 주인공으로 하는 연속극에서나 보는 면구스러운 장면이 바로 옆에서 재현되고 있다. '참 기가 막혀. 소설이 따로 없네.'

돌아서 나오는 담당 의사를 큰 소리로 불러 세웠다.

"선생님, 환자가 하도 가렵다고 해서 선생님을 찾았는데, 수술 중이라 하더니 나이롱환자 면회를 오셨네요. 선생님은 히포크라테스 선서도 안 했어요? 어떻게 환자를 차별합니까. 스마트폰 들여다보며 지지대 밀고 온 멀쩡한 사람한테 머리 조아리느라 진짜 환자를 무시해요? 이 병원에서 의사할 정도면 전국 수능 성적 영 점 일 퍼센트 안에 들었을 수재인데 자존심도 없어요? 부끄러운 줄 아세요. 저 사람이 이 병원의 VIP인 줄 몰라도 나한테는 이 양반이 V VIP이에요. 내게 전부인 사람이라고."

뚜껑이 열린 것이다. 평소에는 큰 소릴 하지 않았는데 날파람 나게 일갈하니 병원 눈치 보느라고 참았던 보호자들의 박수가 터져 나온다.

이미 중환자실에서 요주의 환자에 요주의 보호자란 딱지가 붙어서 왔을 것인데, 말 그대로 환자의 진정한 보호자가 되어야 한다고 결심한지라 거리낌이 없다. 병원에서도 슬금슬금 눈치를 본다.

집중치료실 의사가 더 당황했나 보다.

"보호자님, 저 환자가 겉은 멀쩡해도 정신이 이상해서 입원한 환자예요. 그렇게 화내실 게 아닌데….."

"집중치료실은 중환자실에서 오는 환자들이 오는 곳이잖아요? 저렇게 멀쩡한데 정신이 이상하면 신경정신과에 가는 게 맞죠."

의사가 가려운 부위에 조치했다. 숙지근해져서 잠이 오려는데 간호사가 다가온다.

"보호자님, 의료인이시죠? 아무래도 그런 것 같아요. 아니면 혹시 노조위원장이시던지….."

"나 그냥 평범한 보호자예요. 노조 활동은 좀 했지만….."

노조 활동을 한 게 아니고 직장의 간부로서 노조 대표들과 몇 번 협상했고, 그들을 말린 적은 있지만, 굳이 아니라고 말하고 싶지 않았다.

그때부터 그네들에게 노조위원장으로 통하는 것 같았다. 더 조심하는 것 같고, 요구하면 즉시 이루어지는 게 보였다.

그렇다고 마냥 갑질을 할 만큼 눈치가 없는 내가 아니다.

저녁에 지나가다 보니 빨리 오지 않아 일방적으로 당한 의사가 꾸벅꾸벅 졸고 있더니 올 때는 아주 엎드려서 코를 골고 있다. 왜 아니 그러겠는가. 집중 치료실의 십여 명 환자 돌보다가 갑자기 수술실에 불려 가지, 수시로 당직하지, 지도 교수나 선배들한테 걷어차이기도 한다는데….

3D 직업이란 생각이 들어 참 안됐다 싶고, 아들 의사 안 시키길 잘했다는 생각이 들었다.

낮에 너무 긴장하고 신경을 썼는지 환자 침대 옆 긴 의자에서 잠깐 졸다 눈을 뜨니 환자가 바닥에 있어 기겁했다. 아마 소변이 마려워 딴은 혼자 해결하려고 했나 본데 이마 한쪽이 부푼 것이 보였다. 부딪힌 것은 아닌지 가슴이 철렁했다.

자라 보고 놀란 가슴 솥뚜껑 보고 놀란다고 수술한 부위가 잘못된 것이 아닌지 걱정이 되었다. 집도의는 그런 일은 일 퍼센트도 없다고 하면서도 다시 뇌 MRI를 찍자고 한다.

침대의 환자와 동행하는 의사한테 머리 뒤쪽에 수술 호치키스가 있다고 했더니 의료용이라 괜찮다고 한다.

"아무리 의료용이라도 환자한테 플러스는 되지 않을 거 아닙니까? 여자들 엑스레이 찍을 때 속옷도 다 벗지 않아요? 빼주세요."

의사가 호치키스를 뺀다. 엘리베이터에 쓰레기통이 없기에 받아서 겉옷 주머니에 넣으며 보니 일곱 개나 된다. 레지던트가 빤히 보더니 소송을 준비한다고 받아들였나 보다.

사람들이 거의 잠든 자정이 넘은 시간에 환자가 검사를 들어갔는데 삼십 분쯤 걸린다고 하더니 한 시간이 다 되어도 기척이 없다. 지하에 풀어 놓은 어둠과 적막이 뒤엉켜 기도에 매달려도 오솔하다.

좀 작고 가냘픈 소리가 들렸다. 나를 부르는 소리다. 얼마나 기다리던 소리인가. 아이들 낳아서 "엄마" 소리 처음 듣던 기분이 되었다.

"할아버지하고 처외삼촌이 오셨는데 내가 몸이 안 좋아 성민이 보고 가서 음식 대접해드리라고 했어요. 그 양반들 서로 모르실 건데 같이 오셔서 꿈에도 이상하다고 생각했네."

"세상에, 사람이 사경을 헤맬 때 조상님께서 데리러 온다더니 같이 오셨나 봐요. 안 따라가길 잘하셨어요."

스마트폰을 찾기에 꺼냈던 것을 손에 들려주었는데 마침 전화가 왔다. 입을 봉하고 산 지 보름 만에 처음 하는 말이 어떻겠는가.

며칠 후 소식을 들은 지인이 연락을 했다.

"국장님 괜찮으신 거죠? 지금 강지만 씨 예식장에 왔는데 끝나고 올라가겠습니다."

"아니 오늘 강지만 씨 자제분 결혼해요? 우리한테는 어째 알리지도 않았네. 우리 봉투 좀 해주세요."

"우환 중이라 알리지 않았을 거예요. 돌아가셨다는 소문까지 나서…."

'죽었다고 소문이 났으니 오래 살겠네. 참, 말이란? 소문이란? 아니지. 내가 스마트폰을 준 게 잘못이지….'

다른 상황이 생기지 않고 정상이라 열흘 만에 일반 병실로 옮기란다. 불안해서 간병인한테는 맡길 수 없고 혼자 해야 하는데, 자리 비울 때를 생각해서 2인 실이나 3인 실이 좋을 듯하다. 1인 실과 5인 실만 있다고 하며 창 쪽 경치가 좋은 곳에 마침 자리가 났다고 권한다. 동짓달 중순인데 병실은 높은 온도를 유지해서 후끈후끈하다.

병원에서 생활한 지 스무날이 넘어서자, 이제는 반의사가 되어 척척 해결했다. 시정이 빨리 안 되는 것은 기억했다가 인턴, 레지던트를 대동하는 회진 시 집도의한테 조목조목 요구한다.

"입원 전날도 골프 치고 들어온 사람인데 이렇게 미음만 먹으면 언제 걸어서 퇴원하겠어요?"

집도의는 보호자님 원하는 대로 하라고 한다.

"먼저 수술이 잘못되어 뇌출혈이 일어난 거죠?"

보험 이야기를 하려고 했더니 펄쩍 뛴다.

"아닙니다. 환자가 특이체질이라서 뇌출혈이 일어난 거예요. 먼저 수술하고는 전혀 관계가 없습니다."

의료사고로 책임을 물으려는 것으로 느꼈나 보다.

오래 있다 보니 이래저래 소문이 나서 친인척들과 친구를 비롯한 지인들이 면회를 많이 와서 앉을 자리가 없다.

지민이 아빠는 똥도 버리기 아깝다고 하던 언니는 환자 회복에 좋다고 보신탕을 수시로 끓여온다. 여동생도 반찬과 머리에 좋다는 강황을 꿀에 쟁여 왔다. 연로하신 어머니는 몰

랐으면 했는데 오셔서 민망하기 그지없었다. 그이 친구가 와
서

"처음에 진석이 아버지인 줄 알았어."

그 소리에 모두가 웃었다. 수술로 십 킬로그램 이상이 빠
지고 염색 못 하니 초췌해서 더 늙어 보였나 보다. 저런 모습
을 남들한테 보여주는 게 아니었는데….

병원 직원들에게 커피와 다과를 사다 주며 임의로워지자,
수간호사가

"진단서가 필요하면 퇴원하기 전에 미리 발급받으세요.
그래야 잘못돼도 다시 발급받을 수 있어요. 퇴원 후에는 일
부러 와도 수술이나 수업 등으로 교수 얼굴을 볼 수 없어요."

미처 생각 못 한 것을 친절하게 알려준다. 퇴원하는 날 발
급받으려 했는데 좋은 정보를 얻었다는 생각이 들어 고마웠
다.

다음날 회진 시 진단서를 요구했더니 레지던트 명의로 바
로 발급해 주는데 거의 원어로 되어있다. 병명을 국제질병
분류 코드에 따르느라 통상적으로 이들이 쓰는 용어이다. 민

원인 입장은 손톱만큼도 배려하지 않는 지식층 무식쟁이들이라 느꼈다. 내가 대접받기를 원하는 만큼 상대방을 대접하라는 황금률 위에, 상대방이 대접받고 싶은 대로 대접하라는 백금률을 알려주고 싶었다.

스마트폰으로 해석하고, 다른 의사한테도 확인했다. 자기들 과실이 있어선지 뇌 동맥이 꽈리같이 부풀어서 수술했다고 되어 있다. 책임 회피성 진단서이고 그것으로는 뇌출혈이 증명되지 않는다.

다음날 회진 시 이의를 제기했더니 다시 발급해 준다. 그러나 별반 나아지지 않았다. '내가 누구야? 가정 형편상 서울 유학 못 해 당신들 만큼은 못돼도 나도 지방에서 날리던 수재였어. 어디서 촌 무지렁이 취급을 해?' 다시 오기가 발동했다.

살면서 운명을 탓한 적이 없다. 사랑받으며 성장했고 시쳇말 범생이로 성적이 좋아서 다들 S 대는 문제없다고 했다. 그러나 하필이면 고등학교 이 학년 때 시골에서 한약방을 하시던 선친께서 친구 빚보증을 서는 바람에 온통 빨간딱지가 붙었다. 우선 여섯 명이나 되는 동생들의 호구지책이 문제였다. 어머니는 말렸으나 대학은 직장 잡고 다녀도 된다고, 그 날로 준 나이까지 고쳐서 9급 공무원 시험에 응시했다. 결혼하지 않고 평생 동생들 보호자로 살겠다고 결심했다. 한데 그이의 사슴 같은 눈에 콩깍지가 씌어 약속을 못 지켰다. 수석으로 졸업하고도 학교의 진학률과 명예를 높여주지 못한 점이 지금도 미안스럽다.

결혼하고 아이들이 웬만큼 컸을 때 이제껏 참았던 향학열이 불타올랐다. 주경야독으로 대학원을 마치며 최우수 논문상을 받았으니, 어머니와의 약속은 지킨 셈이다.

마음 같아선 의료사고 소송이라도 하고 싶지만, 환자가 정상이 되도록 진력해야 한다고 애써 마음을 다독였다.

"특이체질이라 뇌출혈이 되어 재수술했다고 말씀하셨으니, 교수님께서 직접 뇌출혈 진단서를 발급해 주십시오. 해당하는 보험료 넣은 것도 받지 못하면 되겠어요?"

다음날 회진 시 강력하게 요구했다. 옆의 남편이 눈치를 준다. 환자는 보험금 같은 것은 안중에도 없고 더군다나 열 배 차이가 난다는 것을 알 리가 없다. 자기를 살려준 집도의한테 무례하게 구는 것 같으니, 눈총을 주는 것이다. 바른 생활 사나이 소릴 듣는 그이답다.

이틀 후 세 번째 진단서가 발급되었다. 뇌출혈 발생을 적고 향후 치료 의견란에 한글을 반 이상 사용하였다. 의사 자신의 실명을 또박또박 적고 사인을 했다. 이제 그것으로는 가능하다는 판단이 섰다.

들어올 때 창밖 나무들이 노랑 빨강 옷으로 곱게 성장을 했었는데, 이제는 앙상한 가지에 하얀 눈꽃이 핀 겨울이 되었다. 세월같이 빠른 게 없다더니 날짜로는 달포지만 달력이 벌써 세 장째 바뀐 섣달 초다.

삼십구일 만에 퇴원해도 된다고 한다. 하루라도 빨리 벗어나고 싶고 다시 오고 싶지 않은 공간이다.

'검사도 많이 했고 중간 정산 후 날짜가 많이 흘렀으니, 비용이 상당하리라.'

그런데 한참 후에 통장번호를 알려 달라고 한다. 왜 그러냐고 했더니 환불해 주려고 한단다. 내주는 진료 명세서를 보니 치료비를 다 깎아내렸다. 진단서 두 부를 발급받으며 이만 원을 냈는데 그것도 원본 만 원, 부본 천 원으로 수정하여 확 줄였다. 그런 식으로 모든 비용을 감액했으니, 검사를 많이 하고 입원 날짜가 늘어났어도 환불이 되는 것이다. 고마운 게 아니라 참 별일이지 싶었다. 노조위원장이라는 허명을 의식한 처사인지. 의료 소송을 대비한 것인지.

얼마나 켕기면 입원비라도 지적을 안 받으려고 이렇게 정산을 하나 싶어 의료사고라는 확신이 생겼다.

'의료 소송하려면 진료기록부 등 자료가 병원에서 모두 나와야 하는데 위·변조도 한다니 환자 승소율이 일 퍼센트밖에 안 되지. 오랜 세월 지칠 대로 지치고 나가떨어지는 게 의료사고의 전례라고 하지 않는가.'

퇴원하는 환자 몸조리 잘해서 수술 전의 건강한 상태로 하루빨리 돌리는 게 내 임무라고 마음을 다잡는다. 두 손에 떡을 다 들 수는 없다고….

걸어서 들어왔으니 걸어서 나가야 한다는 의지로 걸음걸이가 꺽지다. 병실 의사가 이렇게 퇴원하셔서 다행이라고 뿌듯한 표정이다.

조심스럽게 고속도로에 들어서니 퇴원을 축하하듯 탐스러운 눈송이가 세리머니를 한다. 단풍이 곱게 물들 때 입원했는데 한 계절이 후딱 가버린 것이다. 달포 만에 내 집엘 왔다. 창틈을 비집고 들어오는 노을의 선연한 빛이 승리자의 깃발처럼 눈부시다. 주인 대신 집을 지킨 먼지들은 일제히 일어나 경례하고, 집을 잘못 찾은 줄 알고 시무룩하던 우편물들은 반색한다. 이제껏 참았던 눈물 한 방울이 툭 떨어진다.

잣죽에 흑임자죽, 녹두죽을 번갈아 끓이며 입맛을 돋우려 해도 그이는 별맛이 없는지 몇 숟가락 뜨지 않아 안타깝다. 뇌 수술을 했는데 퇴원 시 S 대학병원에서 한 보따리 싸준 약이 거의 위약인 것을 보면 당연한데도 애가 탄다. 매일 삼시 세끼 밥을 먹던 사람이 병원에서 금식하다시피 했으니….

하도 답답해서 하루는 수술 전 들렀던 가까운 C 대학병원의 뇌신경외과를 찾아가 상담했더니 위액 촉진제를 먹으라고 한다. 급한 마음에 당장 구입해 오며 생각해 보니 지금 먹는 약이랑 맞는지 알아보고 먹어야 할 것 같다. 개봉 안 한 약의 사용 설명서를 다시 읽고 조제한 S 대학병원 약국에 전화를 걸어 확인했다. 장기 입원으로 위 기능이 떨어져서 위액 억제제를 준 것이라고 한다. 그러면 지금 사 온 약과는 충돌을 일으키는 것이다. 미련 없이 사 온 약을 버렸다.

무엇이든 자연적인 것이 좋으니, 위에 좋다는 유기농 양배추를 데쳐서 갈아 주기로 했다. 며칠이 지나니 새벽에 녹즙 가는 소리만 나도 마시러 나온다. 이렇게 좋아지는구나 싶어 실성한 사람같이 웃음이 난다. 서재에 있나 하고 문을 여는 것도 좋다. 코를 고는 것도 무사하게 살아 있다는 것을 확인시키는 것 같아 자장가같이 들린다. 그이의 존재 자체가 참으로 고맙고 눈물겹다.

기도는 남을 위해서 해야 효과가 있다고 하는데, 내 기도를 들어 주셨다는 것에 감읍했다. 지인들은 환자가 그만하면 간병을 하던 사람이 병난다고 하는데 새벽에 일어나 백팔 배를 올려도 몸이 가뿐하다.

처음 발을 떼기 시작하는 아기 걸음마를 시키듯 처음에는 아파트 정원에서 시작하여 잠두봉으로, 다시 매봉산을 향했다. 날이 풀리자 힘들다고 하는 그이를 꼬드겨 구룡산까지 직업 트레이너처럼 야박하게 트레이닝시킨다.

차도가 나타나자 먼저 절에 가는 날도 지키려 애썼다. 감사한 마음으로 해우소 청소를 하고 의례적으로 하던 백팔 배에 정성을 다하여 참회한다.

삶의 신조가 '최선을 다하자'에서 '매사에 감사하고 웃으며 살자'로 자연스레 바뀌었다. 올해 청주시에서 공모하는 생명 글자판 모집에 응모해 보았다.

"방긋 웃는 꽃잎처럼 싱그러운 신록처럼 매사에 감사하고 웃으며 살아요."

심사 결과 당선되어 문암생태공원 전광판에 게시되고 상금을 받았다. 그래서 세상에 의미 없는 일은 없다고 하나 보다.

퇴원 후 한 달이 지나고 처음으로 정기 검사일이다. 맨눈으로도 좋아진 것이 보여 그날이 기다려졌다.

호명을 하여 들어가니 집도의였던 교수가 벌떡 일어선다.

"아이고! 선생님, 걸어서 오셨네요. 감사합니다. 선생님이 만일 일어서지 못하셨으면 저 다시 메스 못 잡았을 겁니다. 수술한 환자 한 분이 이십 년째 식물인간이고 다른 환자와 칠 년째 송사에 시달리고 있습니다."

'이렇게라도 시인을 하니 다행이다. 의료사고가 확실한데 뭐 제자들 대동하고 회진할 때는 특이체질이라서 그렇다고? 사람들 없는 데서라도 인정하니 됐다.'

느꺼워서 바른 소리가 튀어나오려는 것을 꾹 참고 그것으로 됐다고 자신을 다독인다. 그런 마음을 아는지

"선생님, 결혼 참 잘하셨어요. 어찌나 극진하게 간호하시던지 우리 의료진들도 부러워했답니다. 이제 부인한테 더 잘하셔야 합니다. 제가 안식년으로 다음 달 1일 미국에 갑니다. 다음에 오시면 못 뵙겠지만 후임자한테 잘 인계하고 가겠습니다. MRI 검사 결과 보통 사람보다 더 깨끗하니 편한 마음으로 건강관리 잘하십시오." 떠나기 때문인지 오늘따라 더 자상하다.

비를 머금은 거무스름한 빛깔의 구름을 매지구름이라고 한다. 비를 내릴 확률이 높은 구름이지 백 퍼센트 비를 내리는 것은 아니다. 뇌동맥류도 꼭 뇌출혈을 일으키는 것은 아니니 그것과 같다는 이야기가 아닌가. 지레 겁을 먹고 손바닥 뒤집듯 진실을 뒤집는 허가 낸 수술 기술자들한테 몸을 맡

긴 것은 아닌지. 뜬금없는 매지구름을 보고 장맛비 온다고 과장한 우산 장수가 떠올랐다.

수술해야 한다고 겁을 준 의사가 재수술까지 하고 책임 회피성 진단서까지 발급했으니, 그동안 내 안에 꿈틀거리고 있던 불안과 불신이 과민한 탓만은 아니었으리라.

그렇다손 치더라도 다시 먹을 우물에 침을 뱉을 수는 없다.

유전자 조작으로 슈퍼 인간까지 창조하겠다는 현대의학이지만, 아직은 인체 기능을 오류 없이 진단하고 완벽하게 치료하기를 기대하는 것은 시기상조인가 보다.

'의술은 인술仁術이라는데, 재수술의 고통을 겪은 것은 특이체질 탓이겠지….'

자신을 다독이며 떠나는 집도의에게 정중한 인사를 했다.

'잠시 배우자의 부존재가 존재의 가치를 알려주었음에 감사하자.'

집도 의사의 어깨 너머로 보이는 하늘이 청옥처럼 푸르다. 남편의 손을 잡고 병원 현관을 나서니, 그동안 내 안에 쌓였던 매지구름이 말끔히 걷힌 듯 가슴이 시원하다.

떨켜

낙엽이 질 무렵 생기는 특수한 세포층을 떨켜라 한다. 잎
자루와 가지가 붙은 곳에 생기는데 잎이나 과실 등이 식물의
몸에서 떨어졌을 때, 몸에서 잎으로 수분이 빠져나가는 것을
차단하고 미생물의 침입을 막아 준다. 떨켜 층은 누군가의
도움 없이 제 몸의 일부를 스스로 떨어지게 만든다. 봄부터
싹을 틔우느라 애쓴 나무에, 잎은 탄소동화작용으로 영양을
듬뿍 내려준다. 그런 후 나무가 혹한을 이겨낼 수 있도록 떨
켜 층을 만들고 잎은 떨어져 미련 없이 거름이 되는 것이다.

고약한 냄새가 먼저 방문객의 후각을 자극한다. 벤젠인지
메탄알인지 새집증후군을 일으키는 냄새가 아닌가. 사위가

어둠에 잠기는 시간이라 후각이 시각을 앞지른다. 새 아파트라는 것을 고약한 냄새로 스컹크같이 알린다. 하긴 냄새를 잘 맡아 어려서부터 아프리카코끼리 소리를 듣곤 했지만.

출입문 옆의 동 호수를 누르기 전 제사 지낼 시간을 따져보니 아직도 네다섯 시간은 남아 있다.

"잠깐만….."

"아이고, 그새를 못 참고 또….."

아내가 담배 한 번 피워보지 않은 듯 몹시 못 마땅해한다.

나는 이내 돌아서서 출입구에서 떨어진 공터에서 담배를 한 대 꼬나물었다. 어제 이맘때 뜯은 담뱃갑에 겨우 한 개비가 남아 있다.

담배 맛이 기가 막히게 좋다. 뭐든지 시간이 없거나 바닥이 보일 때 시도하는 것이 간절한 맛이 있어서 더 좋다. 처음 담배를 배울 때는 매캐한 연기가 폐부 깊숙이 들어차는 것을 못 참았는데 이제는 안정이 되니 흡연 중독자가 된 듯하다.

아내가 먼저 올라가지 않고 기다리더니 엘리베이터 버튼을 누르며 탄성을 지른다.

"세상에, 큰 아파트는 엘리베이터도 이렇게 크네. 우리는 어느 세월에…."

코로나로 집들이를 하지 않아서 이곳에 처음 방문한 아내가 부러워하는데 나는 못 들은 척 딴청을 피운다. 지하에서 타고 올라오는 사람이 두 명 있었는데 한 여자가 나를 빤히 바라보더니 인상을 쓴다. 무어라 말할 듯한 표정으로 빤히 쳐다보더니 이내 입을 다물어버린다. 아내가 낌새를 알아채고 눈짓으로 벽을 가리킨다.

「실내 흡연 금지. 3~4호 라인, 누군가의 상습적인 흡연으로 입주민들이 못 살겠다고 고통을 호소하고 계십니다. 조금 귀찮으시더라도 흡연은 건물 밖으로 나가서 해주시면 진심으로 감사하겠습니다.」라고 쓰여 있었다. 지목하는 사람은 형이 틀림없을 것이나, 내게서 담배 냄새가 나니 그 여자는 나를 지목하고 그런 표정을 지었으리라. 아내는 벽에 붙은 것을 스마트폰으로 얼른 찍는다. 엘리베이터는 우리를 18층에 내려주고 그 여자들만 싣고 올라간다.

벌써 전을 부치는지 기름 냄새가 현관에서 우리를 격하게 환영한다. 갑자기 배가 고파진다.

"민지는 안 왔어요?"

"외할머니랑 집에서 놀아요. 형님은 저 오면 하시라고 했더니 뭘 벌써 시작하셨어요?"

"뭐 조금 하는 거라 제사상에 올릴 것만 해놓고 저녁에 우리가 먹으려고. 삼촌 전 좋아하잖아."

"큰아빠는 아직 안 오셨을 테고 아버님은요?"

"아버님은 할아버님 기일이라 마음이 아프신지 혼자 방에 계시고 애들 아빠는 아직 퇴근 전이고."

"아주버님 담배 끊으셔야겠어요. 엘리베이터에 쓰여 있는 게 꼭 큰아빠 지목하는 것 같던데요. 아까 몇 층 사는지 몰라도 어떤 여자가 민지 아빠한테서 담배 냄새가 나는지 뱁새눈을 하고 쏘아보더라고요."

"아, 그 여자, 바로 위층 19층에 살아. 뭐 자기네 애가 새집증후군으로 아토피가 있는데 담배 냄새까지 난다고 관리 사무소에 부탁해서 하루에 한두 번은 꼭 방송해서 민망하기도 하고 걱정이야. 담배 끊기가 그렇게 어려운지…."

"어쩐지 눈초리가 예사가 아니었어요."

"삼촌을 우리 준섭이 아빠로 알았나 보네. 쌍둥이니, 남들이 보면 구분 못 하잖아. 입주하던 날부터 쌍심지를 켜고 보더라고."

　형과 나는 일란성쌍둥이이다. 10분 차이인데 얼굴이나 키
가 거의 같으니 아주 친한 사람 아니면 알아보기 힘들다.

　지문은 95퍼센트나 같고 유전자는 2012년 캐나다의 맥길
대학교에서 발표한 것을 보면 인간 게놈이 60억 개로 이루어
졌는데, 359곳만 다르다니 거의 같은 것이나 마찬가지이다.
지문은 임신 4개월째 만들어지는데 같은 배 속에 있다고 하
여도 압력이나 태아의 위치에 따라 5퍼센트가 달라진다고 한
다.

　사실 나, 형, 형수 셋은 고교 동창인데 그 시절에는 내가
형수와 같은 반이어서 더 친하게 지냈다. 고3이던 해에 IMF
가 터져서 아버지 다니던 회사가 문을 닫자 갑자기 가장인 아
버지가 실업자가 되었다. 그 형편에 둘이 대학에 간다는 것
은 생각할 수도 없는 일이었다. 형은 공부를 잘해서 서울 스
카이 대학에 갈 학교의 기대주였는데 집에서 다닐 수 있고 취
업이 보장되는 지방의 교원대를 지원했다. 늘 실력으로 형과
견줄 수 없었던 나는 알아서 일찌감치 포기해버렸다. 9급 공

무원 시험을 보고 야간대학을 다니면 더 빠를 수도 있지 않을까 하는 철없는 생각을 했다. IMF로 경제가 나빠지고 실업자가 늘다 보니 공무원 시험에 합격한다는 것은 하늘의 별 따기였다. 형이 재학 중 군 복무를 하고 대학을 졸업한 후 교사로 발령받을 때까지 여섯 번을 연거푸 떨어졌다. 나는 온갖 아르바이트를 하고 다행히 방위로 빠졌는데 피곤해서 책을 붙들고 졸다 보니 합격하는 게 도리어 이상한 일일 수밖에. 시간을 활용할 욕심으로 방위 받은 게 잘 되었다고 생각했는데, 할아버지는 사내새끼가 방위가 뭐냐고 일갈하셨고 아버지도 사내는 군대를 다녀와야지 철이 나는데, 라고 한 말씀 하셨다.

'김진배 인생이 뭐 그렇지. 사주팔자대로 산다는 것은 순구라다. 사주 명리학대로라면 형하고 나는 10분 차이지만 같은 시時이니 같은 운명이어야 한다. 형은 태어나면서부터 장손이라고 특별대우를 받았다. 공부도 잘해 대학가서 발령받고, 나는 10분 차이인데도 뒤따라 나와서 형의 젖 빼앗아 먹는다고 늘 뒷전이고. 누가 이런 태생적 마이너리그의 설움을 알까. 그게 내 탓인가?'

인생 참 얄궂다. 형은 대학에서 한때 내 친구였던 형수를 만나 캠퍼스 커플로 졸업과 동시에 결혼하고 부부 교사가 되었다. 그 시절 경제가 불안하니 중소기업 소리를 듣는 선망의 대상이었다. 나는 6수 만에 9급 공무원 시험에 겨우 합격하고 야간대학에 들어가게 되었다. 학원 다니며 6수를 하던 해에 여섯 살이나 어린 아내를 만났다. 동갑내기보다는 어리고 귀여운 아내를 만난 것이 전화위복이라고 할 수도 있는데 팔자는 뒤집어도 팔자라고 하더니 그 말이 맞다는 생각이 들었다. 형은 결혼하자마자 떡두꺼비 같은 아들을 낳아 대를 잇는 장손 낳았다고 집안의 경사라 했는데 우리는 아이가 생기지 않았다.

둘 다 검사를 받았는데 내게 문제가 있었다. 더 정확하게는 정자의 수가 적어 임신할 확률이 낮다는 것이다. 그러면서 나이가 지긋한 의사는 고엽제 환자 비슷하다고 했다. 그제야 아버지가 월남전 파병 용사라 지금도 보훈병원에 다니시는 게 생각났다. 그래서 어머니가 임신하지 못해 할머니의 구박을 받다가 뒤늦게 우리 쌍둥이 형제를 낳았구나, 하는 생각에 미쳤다. 한날한시에 태어났는데 먼저 태어난 사람은 아무 문제 없이 아들을 쑥쑥 낳고, 10분 늦게 태어난 나는 고엽제의 영향으로 임신이 안 된다고? 참으로 어처구니가 없고 운명이 불가해하다는 생각이 들었다. 하긴 형은 나보다 7년이나 먼저, 모래도 소화가 될 한창나이에 결혼했으니 비껴간 것인가.

의사는 정자를 채취해 인공 수정은 가능하나 확률이 낮고, 잘 못 되면 기형아를 출산할 수도 있다고 했다. 아내와 나는 심각한 고민에 빠졌다. 아내는 요즘 출산하기 전 매월 검사로 정상인지 확인할 수 있으니, 처음부터 입양하기보다 힘들어도 일단 인공 수정하여 당신과 나의 아이를 갖고 싶다고 했다. 고통스러운 몇 번의 실패를 거듭하고, 이제는 그만 접어야겠다고 생각하던 순간에 안착이 되었다. 인생이란 게 포기하고 다른 길로 접어들려 할 때, 손짓한다고 하더니 내게도 신은 예외가 아니었다. 날아갈 듯 기뻐서 사람들이 쳐다보는 줄도 모르고, 아싸~ 소리를 질렀다. 아내는 새벽 꽃잎에 구르는 이슬방울 같은 눈물을 흘렸지만 기쁨은 잠시고, 다시 기형아면 어찌할까 하는 걱정을 하기 시작했다. 매월 산부인과에서 검진받았는데 태아 사진을 보여주며 정상이라고 했다. 우리 부부는 아직 종교가 없었는데 보이지 않는 지구상의 모든 신께 날마다 무릎을 꿇고 기도를 올렸다. 더 큰 고통을 주지 않으시려는지 드디어 경이로운 새 생명을 안겨 주셨다. 우선 이목구비가 제대로인지, 손가락 발가락이 열 개씩인지 확인했다. 그렇게 마음을 졸이며 어렵게 태어난 아이가 이제 여섯 살이 된 보석 같은 민지다. 제 사촌 오빠인 준섭이와 무려 열 살 차이가 난다.

지방을 대충 써 놓고 나니 할 일이 없어 형의 방에 들어갔다. 형은 늘 지나치게 깔끔한 편인데 이사한 지 얼마 안 되어선지 책상 위에 책과 노트가 섞여서 쌓여 있다. 담배 한 대가 간절하여 주머니로 손이 갔으나 아까 엘리베이터에서 쏘아보던 19층 여자 눈초리가 느껴져 손을 얼른 뺐다.

쌓인 책 속에 좀 두툼한 노트 중 한 권을 빼 들었다. 놀랍게도 오래도록 써온 형의 일기장이다. 펴든 곳이 대학 입시를 앞두고 심경을 토로한 부분이다.

'꿈꾸던 s대 법대를 지원하고 싶다. 그러나 아버지도 실직한 상태인데 법조인이 되려는 내 꿈을 위해 서울로 가는 것은 만용이다. 사법 고시를 패스하면 할아버지가 그토록 바라시는 가문의 영광이고 학교의 명예도 올릴 수 있지만, 지방에서 수재로 인정받아도 합격을 장담할 수 없고, 합격해도 장학금으로 모든 것이 해결된다는 보장은 더더군다나 없다. 하나도 아니고 진배와 둘이 진학해야 하는데 서울 진학은 포기하는 게 맞다. 이제는 장손인 내가 이 집안의 대들보로서 책임을 다해야 한다. 몇 분 늦게 태어나서 늘 내 뒤에 가려진 진배의 앞길도 터주어야 한다. 장학금을 탈 수 있고 취업이 보장되는 이곳의 교원대에 원서를 내는 게 최선이다. 학교의 명예를 생각하라고 선생님은 말씀하시지만, 수신제가 치국평천하修身齊家治國平天下 아니던가.'

쓰면서 울었는지 몇 군데 얼룩이 져 있었다.

나는 눈에 무엇이 들어간 듯 더 읽을 수가 없었다. 가끔 심사가 뒤틀리면 성배야 하고 이름을 불렀지만 10분 차이라도 형은 형이라는 생각이 들었다. 겉으로는 온실의 화초같이 여려 보이는 형이다. 그가 옛날에 철이 들어 이렇게 내 걱정까지 하며 가장으로서 책임지겠다는 결심을 한 게 도무지 믿기어지지 않았다. 장손이라는 우대가 은연중 책임감을 깊이 심어준 것인가? 형이 퇴근했는지 목소리가 들려 얼른 밖으로 나왔다. 형의 얼굴을 마주 보는 게 멋쩍고 정말 형 같다는 생각이 처음으로 들었다. 내 표정이 이상했는지 형은 쑥스러운 듯,

"일찍 왔네. 나는 아이들 자율학습 끝나고 오느라…." 하더니 방으로 들어간다.

어려서부터 매일 책만 붙들고 있는 샌님 같은 형을 꼬드겨 하루는 마당에서 딱지치기를 했다. 고기도 먹어 본 사람이 잘 먹는다고 내가 이길 수밖에. 매일 무엇이든 잘한다는 소리만 듣고 놀 줄도 모르는 형이 딱지를 다 잃더니 분해서 큰 소리로 울기 시작했다. 마침 마실을 가셨던 할아버지가 들어오다가 보시고 나를 야단치셨다. 심통이 나서 그때부터 성배야, 이름을 불렀다. 그러다가 1분을 먼저 나왔어도 당연히 형이지, 안동 김씨 양반 가문에서 장손한테 그 무슨 망발이냐고

할아버지한테 된통 혼이 났다. 할머니는 방에서 뙤창을 통해 다 보셨는지 나한테 분하지 않느냐며 네 마음 할미가 다 안다고 토닥여주셨다. 그런데 그때 할머니를 보면서 어른들은 도통 알 수가 없다는 생각이 들었다. 처음에는 아이를 못 낳는다고 며느리를 구박했다는데 어렵게 쌍둥이를 낳은 이후에는 또 쌍둥이를 낳았다고 못 마땅해하셨다고 한다. 장지문 문고리 있는데 한지를 오리고 유리를 붙인 뙤창을 통해 날마다 며느리 일거수일투족을 감시했다. 마당 쪽 뙤창으로 내다보고 걸음걸이까지 트집 잡았고 부엌 쪽 뙤창을 통해서는 쓸데없이 양념을 많이 넣는다고 타박하셨다. 어느 날은 개울에 빨래하러 가서 비 오는데 늦게 왔다고 마당에 던져서 벌겋게 흙물이 들어 다시 빠느라 고생했다는 소리도 들었다. 어느 명절엔 처음으로 인절미를 했는데 어머니가 고물을 묻히며 맛을 보셨나 보다. 너 먹으라고 한 줄 아냐며 소리를 질러 어머니가 사레들린 후로는 떡을 일절 드시지 않았다. 그렇게 며느리 시집살이를 시키면서도 며느리가 낳은 손자 쌍둥이 동생인 나의 역성을 드셨다. 가부장제가 당연하던 시절이라 장손만 최고로 아는 할아버지한테는 통하지 않았지만. 그렇게 대단하시던 할아버지 할머니가 다 일찍 돌아가시고 오늘이 할아버지의 기제사이다. 돌아가시고 나서 다시는 뵐 수 없으니 생각날 때도 있지만 그때는 매일 안동 김씨 양반 가문으로 시작해서 낙동강 오리알로 끝나는 훈육이 싫었다.

할아버지는 늘 반주로 시작해서 종일 술 담배를 가까이하셨는데 할머니가 돌아가시고 나서는 그 정도가 더 심해지셨다. 술이 잔뜩 취해서 말씀하시고, 또 하시는 게 지겨웠는지 아버지는 술 담배를 의식적으로 멀리했다.

"권세를 지키려고 열다섯 살 아이를 예순여섯 살 왕한테 후비로 시집보내고 온갖 사악한 짓을 한 가문이 뭐 자랑할 것이 있어요?"

한 번은 당돌하게 이렇게 말했다가 제대로 알지도 못하면서 남의 조상 이야기한다고 할아버지의 긴 곰방대로 사정없이 얻어맞았다. 할아버지는 일본 놈들이 사용하던 것이라며 짧은 담뱃대인 곰방대는 쓰지 않고 장간죽이라 부르는 긴 곰방대를 주로 쓰셨다. 그때는 내가 담배 맛을 모르던 때라 일본을 통하여 들어온 담배를 끊으면 될 걸 나를 때리려고 장간죽을 사용하시나 하는 생각까지 했었다.

부존재가 존재의 가치를 일깨운다고 할아버지의 말씀 덕에 내가 유식한 사람으로 기억될 기회가 있었다.

한 번은 국어 선생님이 수업 시간 말씀 끝에 낙동강 오리 알의 유래를 물으셨다. 나는 할아버지한테 한두 번 들은 게 아니라, 얼른 손을 들고 천연덕스럽게 대답했다.

"국군과 유엔군이 낙동강 방어 진지를 점령하고 더는 물러서지 않겠다는 결의를 다지고 있었어요. 낙동강 변 낙동리에 배치된 국군 부대 앞에 1개 대대 정도의 인민군이 낙동강을 건너기 위해 필사적인 도하를 시도하고 있었습니다.

이때 유엔 항공기에서 네이팜탄을 퍼부어 적진지를 불바다로 만들어 버렸어요. 신이 난 국군 용사들은 기관총의 총열이 벌게질 때까지 사격을 계속하였답니다.

이때 항공기에서 떨어지는 포탄과 국군의 사격으로 적이 쓰러지는 모습을 바라보던 중대장 강영걸 대위는 갑자기 큰 소리로,

"야! 낙동강에 오리알 떨어진다"라고 인민군을 조롱한 말에서 유래했답니다.

국어 선생님께서 크게 칭찬하시고,

"김진배 대단하다."

급우들의 소리가 들렸다. 그때부터 문일지십聞一知十으로 불렸다.

한 가지를 알려주면 열 가지를 안다고 하니. 할아버지의 좋은 영향이라고 하지 않을 수가 없다. 아이러니하게 낙동강 오리알을 줄인 낙오 또는 왕따라고 부르는 녀석들도 있었지만 말이다. 하긴 그때도 형과 한 반이었다면 어림도 없는 일이다. 나는 동기유발이 되었는지 플라세보 효과인지 국어 과목을 좋아하고 누구보다 잘했다. 작가가 되고 싶다는 꿈을 꾸며 굶는 과라는 국문과를 목표로 세우기도 했다. 그런데 생각지도 못했던 IMF로 아버지가 실직자가 되었으니 내 꿈은 좌초되었다. 공무원 시험을 일곱 번 만에 겨우 턱걸이했지만, 그 덕에 지금도 가끔 유식하다는 소리를 들으니 조상의 음덕이라고 해야 맞을 것이다. 꼭 집어 말하면 할아버지 덕이니 나만 괜히 미워했다고 치부할 수도 없다.

제사를 지내는 자시가 되었다. 가정의례 준칙이 생기고 거기에 맞춰 일찍 제사를 지내는 집도 많은데 우리 집은 그대로

이니 안동 김씨 참 대단하다는 생각이 다시 들었다. 해외 출장 중인 서울 작은아버지는 아예 못 오셨지만, 아들 둘과 며느리 둘이 내일 일찍 출근해야 하는데도 아직 변함이 없다. 아버지가 제주가 되시어 형이 잔을 올리고 조카 준섭이가 잔을 올린 다음 내가 잔을 올린다. 이게 제례인데 어린 민지가 하던 말이 떠올랐다.

"왜 준섭이 오빠가 먼저 해? 준섭이 오빠한테 우리 아빠가 작은 아빠잖아. 나 다음부터 안 와."

어린애가 자존심이 상했던지 오늘도 외가에서 논다고 하며 오지 않았다.

형의 일기장을 보고 풀어졌던 마음이 다시 장손 우선이라는 유교문화에 거부감이 일면서 부아가 끓어올랐다. 당연하달 수 있는데 어려서부터 장손이라는 특별 호칭으로 불리는 형 옆에 있다 보니 괜스레 차별받는다는 쌓인 감정이 불쑥 고개를 쳐든다.

철상하고 음복하신 아버지가 할아버지 생전의 무용담을 들려주셨다.

"너희 할아버지는 참으로 용감한 분이셨다. 6·25가 일어나던 해에 군에 입대하셨는데 압록강까지 진격하여 적과 싸우셨어. 중공군이 밀고 내려와 남하했는데 경북 영천 · 신령 지구 전투에서 적 전차 3대를 파괴하는 혁혁한 전공을 세워 화랑무공훈장을 받으셨지. 참 대단한 분이셨어. 너희 할아버지 같은 그런 애국 애족하는 분들이 계셔서 이 나라가 존속되는 거야. 누군가의 희생 없이는 저절로 이루어지는 게 없다고 늘 떨켜 이야기를 하셨지. 하지만 그 후유증으로 여생을 병원 출입하시다가 일찍 돌아가셨으니 안타깝지. 돌아가시던 날도 더 가까운 병원으로 모시고 가려 했는데, 할아버지께서 치료비 혜택이 있는 보훈병원으로 가신다는 바람에 골든 타임을 놓친 것 같아서 죄인 된 심정이란다."

"할아버지에 이어 아버지도 월남전 참전을 하셨으니 자랑스러운 병역 명문가이지요. 어머니가 결혼하고 아이가 들어서지 않아 애태우다가 저희가 겨우겨우 태어났지만, 저희는 덕분에 평화 시대를 잘살고 있어요. 고엽제 피해가 심한 분은 아예 못 낳는다고 하더라고요."

착실한 장손 형이 동조했다.

"참 악몽 같은 나날이었지만 살아있다는 게 기적이다. 세계 평화와 자유를 위한다는 명분으로 540만여 파병 연인원 중 5만 8천여 명이 사망하고 30만여 명이 상처를 입었으니까. 그 대가로 외화 수입이 국가 경제 발전에 상당히 기여하여 고속도로가 건설되었어. 또, 국민소득이 103달러의 세계 최빈국에서 404달러로 높아졌다고 하고….”

'할아버지 살아계실 때 수도 없이 들었고 기일 때마다 귀가 따갑도록 들은 이야기이다. 나는 또 그 이야기라고 헛기침했다. 매일 허리 아프다, 다리가 저릿하다고 절절매시면서 그깟 쇠붙이 화랑무공훈장이 무슨 소용이랴. 어느 날은 아프다고 소리 질러 곤하게 잠든 손자들 깨워 허리 밟으라 했고, 술 취하시면 내 청춘을 누가 보상하겠냐고 하소연했으면서. 관심 있게 들었으면 암기도 할 텐데, 나는 귀를 막고 있었는지 낙동강 오리알만 정확히 기억하니 꽃노래도 자꾸 듣고 싶지 않다는 마음이었는지.'

음복하고 설거지가 끝나니 새벽 두 시가 가까웠다. 집으로 돌아가는데 졸음을 참으며 마지막 빛을 뿜어대는 별이 유난히 총총하게 따라왔다.

"6·25 참전 화랑무공훈장 받으신 조부에, 월남 파병으로 나라 사랑을 보여준 부친, 그런 자랑스러운 분들의 자손이면서 당신은 담배도 못 끊어요? 나는 아이한테 해롭다고 해서 결혼하며 당장 끊었잖아요."

저녁 엘리베이터에서 보던 여자의 눈초리와 똑같은 매서운 표정으로 아내가 닦달한다.

"이참에 한 번 끊어 봐?"

포탄이 빗발치는 전쟁터에서 2대가 부상 없이 살아 돌아와 아픈 몸이지만 일상생활을 할 수 있다는 것은 기적에 가까운 일이다. 그런 분들의 유전자를 이어받았으면서 담배도 한 번 끊어 보려 하지 않았다는 게 부끄러웠다. 그분들은 참전 용사이니 스트레스를 술이나 담배에 의존했을 수 있다. 물론 흡연하는 그분들을 보고 자라서 그렇다고 할 수 있지만 그건 핑계에 가깝다.

내가 담배를 처음 배운 것은 고1 때 화장실 뒤에서 왕따가 되기 싫어서였다. 아직 한 번도 피워보지 않았는데 무시당할까 봐 피워보았다며 입에 물고 콜록거렸다. 입에 대기만 해도 기침만 나지 별맛을 몰랐는데, 공무원 시험에 연거푸 떨어지며 담배와 절친이 되었다.

　여섯 번째 발표가 나고 학원 옥상에 올라갔는데 하얗고 긴 손가락으로 담배를 피우던 여자의 모습이 광고모델처럼 섹시했다. 다시 보니 같은 공시생인데 시선을 의식했는지 담배 한 개비를 건넸다. 그녀와는 쉬는 시간마다 담배와 커피로 자연스레 옥상에서 만났다. 요즈음 말로 여사친이 부부가 되었으니 담배가 꼭 나쁘다고만 할 수 없다고 궤변을 늘어놓곤 했다. 이제껏 스스로 만든 열등감의 울타리 안에 갇혀 지냈는데 이번에는 할아버지께서 늘 말씀하시던 떨켜 흉내라도 한번 내보고 싶다는 충동이 불현듯 솟아올랐다. 머릿속에 입력된 형의 일기장이 너는 할 수 있다고 무언의 격려를 하듯 등을 두드렸다.

　이튿날 남은 담배 개비를 가위로 싹둑 자르고 용감하게 금연 학교에 등록했다. 담배가 우리 몸에 해로운 이유를 설명하고 폐활량을 측정했는데 금연하는 사람들보다 폐활량 수치가 훨씬 낮았다. 하루 1~4개비의 담배도 폐를 망가뜨린다는데 나는 10여 년을 그보다 훨씬 많이 피웠으니. 본인은 당

연히 나쁠 것이고 가족이나 주변에서 간접흡연을 하는 사람
도 똑같이 나쁘다며, 폐암 사망률부터 관련 병명을 나열했
다. 담배 연기로 검게 그을린 폐를 보여주는데 끔찍하고 덧
정이 없다. 그런 다음 금연 서약서를 작성했다. 연이어 금연
십계명을 복창했다. 오늘은 무조건 피우지 말자. 자신감을
가지고 유혹에 맞서라. 실패를 미리 걱정하지 마라….

금연 패치와 사탕을 주었다. 담배가 생각날 때마다 사탕을
먹게 되니 살이 찌는가 싶어 자연스레 운동하게 되었다. 아
파트 헬스장에서 옆의 할아버지가 자꾸 손바닥을 들여다보
아 눈길을 주었더니 잊을까 봐 반복 학습을 하는 거라며, 손
바닥을 펴 보였다. 소식, 웃음, 감사, 긴 호흡, 근력 운동이라
고 쓰여 있었다.

"이렇게 하면 무병장수해서 자식들 부담 주지 않는대요.
젊은이는 일찍 터득했으니 기특하네요. 우리는 쓰리고 세대
라 이렇게 써서 다니지요."

"어르신, 쓰리고 세대가 뭐예요? 처음 들어 보는 말씀이
라…."

"나이 먹으면 자연적으로, 잊어버리고, 흘리고, 삐지고, 한

대서 우스개로 쓰리고 세대라 해요"라며 웃으셨다.

아내도 내가 기분이 안 좋아 다시 담배를 피울까 봐 의식적으로 비위를 맞추는데 싫지 않았다.

나는 이때까지 장손이 아닌 동생이라 뒷전으로 밀렸다는 핑계로 뭐든 적극적으로 솔선수범하지 않았다. 한번 끊으려는 시도도 해보지 않았는데 담배만은 먼저 끊어서, 흡연 습관을 버리지 못하는 형에게 자발적인 모습을 보여주어야겠다는 자존감이 일었다. 일 개월이 지나니 담배 피우고 싶은 마음이 없어졌다. 특별한 이상이 없어서 모든 것은 마음먹기에 달렸다고 큰소리를 쳤다.

하루는 친구들과 늦게까지 술을 진탕 먹고 몸을 가누지 못하자 우리 아파트 경비 아저씨가 부축했는데 그를 걷어찼다고 한다. 기가 막혀서 야단을 치자 주먹으로 얼굴까지 가격했나 보다. 아내가 늦게까지 기다리다 깜박 존 후 스마트폰을 보니 모르는 전화번호가 여러 개 찍혀 있었단다. 불길한 예감에 전화하니 식식거리는 소리가 들리고 경찰 부르겠다는 소리가 들렸다고 한다. 아내가 급히 쫓아 내려가서 보니 기가 막히더란다. 이튿날 새벽 아내는 혼자 계실 테니 가서 무릎 꿇고 죄송하다고 빌고 일 커지기 전에 전해 주라며 백만 원이 든 흰 봉투를 주었다. 피보다 더 한 돈이라는 소리를 하는 아내지만 이렇게 위기에 강하다. 이튿날 각서까지 받아두어 일단락되었지만 이후 아내한테 큰 약점이 되었다. 할 말이 없는 나는 그게 금단현상 아니겠느냐고 헛소리했다. 이후 아내는 그 사건은 쏙 빼고 담배 냄새가 나지 않아서 우선 좋다. 옷 주머니가 깨끗하고 옷에 담뱃재가 튀어 구멍 날 염려가 없어서 좋다고 광고한다. 같이 시작한 동료들이 독하다고 혀를 내두르는데도 싫지 않았다.

'뭐든 진배나 다름없다고? 형은 성배라 다 이루고?'

가끔 이름을 가지고 놀리던 친구들이 떠올랐다. 나도 그렇게 말하는 데 익숙했으니 의지 없음을 괜스레 이름에 핑계 대고 살지는 않았는지.

담배 끊었다고 주위에서 신기하다거나 인간 만세 소리까지 하니 으쓱해졌다. 양치질할 때 우선 헛구역질이 올라오지 않는다. 민지가 보는 친구들마다 자랑하니 내가 정말 좋은

아빠가 된 것 같아서 흐뭇하다. 거울을 보며,

"거울아, 거울아, 내가 정말 그렇게 의지가 강한 사람이냐?"

물어보고 싶었다.

추석이라 할아버지 기일 후 두 달 만에 다시 형네 집에 가게 되었는데 아내는 코로나 방역 부서라서 꼼짝할 수 없게 되었다고 혼자 다녀오란다. 코로나로 차례 지내지 않는 가정이 많으나, 우리 집안에 그런 말은 없으니 선물꾸러미를 챙겨 들고 형네 집으로 갔다. 담배 피울 일이 없으니 지하에 차를 댔다. 엘리베이터가 움직이려는 찰나 인근 C고 교복을 입은 학생과 어머니인 듯한 여자가 재빨리 탄다.

"선생님 안녕하세요?" 모르는 남학생이 인사를 하는데 어머니인 듯한 여자가

"아니, 너의 선생님이시라고? 지난번 공터에서 담배 피우시던 18층 사시는 분이신데…." 그러고 보니 저번에 뱁새눈으로 째려보던 19층 사는 여자인 것 같은데 내가 뚝 눈인 데다 마스크를 써서 미처 알아보지 못한 것 같다.

"아, 담배 피우던 사람은 맞는데, 저는 다니러 왔습니다.

내가 쌍둥이 형제라 학생이 착각했나 본데 형이 교직에 있고 형은 담배를 피우지 않아요."

생각지도 않은 거짓말이 술술 나왔다. 선의라 생각하니 죽은 공명이 살아있는 중달을 이겼다고 하던 삼국지의 한 구절이 떠올랐다. 돌아가신 할아버지가 전쟁터에서 입은 심신의 상처로 그렇게 고통받으면서 떨켜 이론을 말씀하는 것에 질색했으면서, 어느새 장손을 위한 코스프레를 하는 자신이 가소로웠다.

집에 들어서기가 바쁘게 온 식구들이 입을 맞춘 듯

"담배 끊었다며?"

큰 소리로 맞이한다. 형수는,

"삼촌, 얼굴이 더 좋아졌네요. 형만 한 동생 없다고 하더니 동생만 한 형 없다고 바뀌었나 봐요. 사람이 그렇게 강단이 있어야지. 당신, 이제부터 동생한테 배워요."

호들갑을 떨며 은근히 일찍 온 형을 나무랐다. 나는 은연중 담배 안 피우는 사람으로 굳혀졌다.

"형, 하필이면 엘리베이터에서 19층 사는 학생을 만났어. 형네 학교 다니는지 나한테 인사를 하더라고. 그 엄마가 지난번에 째려보더니 오늘도 공터에서 담배 피우던 사람이라고 지칭하데. 그래서 내가 맞고 형은 담배를 피우지 않는다고 했어. 학생 생활지도하는 선생이 담배 피운다고 하면 되겠어? 이 기회에 한 번 끊어 봐. 별것도 아니야. 마음먹기 달렸더라고."

형은 담배 주머니로 손이 가더니 나를 자기 방으로 부른다.

"야, 그런 거짓말을 하면 나는 어떻게 해? 나는 사실 몇 번 시도해 봤는데, 세상에 제일 어려운 게 금연이더라."

"선생은 담배 피우면서 아이들한테 피우지 말라 할 수 있겠어? 요즈음은 참 텔레비전에서 노담이라 광고하더라. 선생이 먼저 본을 보여야지. 다른 것은 모두 모범생이면서 왜 그걸 못한다는 거야? 뭐 하나 제대로 하지 못하는 나도 끊었는데. 봐, 지금 위층에서 저렇게 뛰는데도 담배 피우는 죄로 아무 소리도 못 하잖아."

나는 이제껏 살면서 주도적으로 뭔가를 한 적이 없다. 좋은 방향으로의 권유랄까 유도하는 것을 형한테 처음 해보았다. 그런대로 자존감이 살아나서 정말 담배 끊기 잘했다는 생각이 들었다.

토요일에 형수가 내 생일을 축하한다며, 좌구산 근처에 좋은 곳이 있으니 차를 가지고 우리 집 앞으로 오겠다고 전화했다. 휴일에도 출근하는 형이 마침 쉬는 날인가 보다. 모처럼 교외로 나오니 찬바람이 목덜미를 스치는데 공기부터 다르다. 울긋불긋하던 단풍은 어느새 칙칙하게 물들어 내동댕이쳐져서 밟히고 있다. 나무들은 마지막 열정으로 고운 모습을 보여주고 미련 없이 이별한다. 혹독한 추위를 몰고 올겨울을 예감하며 떨켜를 만들고 섭리대로 새봄을 위한 거름이 된다.

잎이 뿌리에서 나왔고 생을 다한 후 떨어져 다시 뿌리로 돌아가니 만물은 생명을 다하면 근본으로 돌아간다는 뜻의 성어 낙엽귀근落葉歸根이 생각났다.

구불구불한 드라이브 코스를 올라 명상의 구름다리라는 출렁다리를 건넜다. 총연장 230미터라는데, 다른 곳과는 달리 흔들림이 없어서 안정감을 주었다. 데크 계단으로 조성된 거북바위 정원을 오르는데 하얀 자작나무 숲이 비파 소리를 낸다.

형은 앞서가며 담배 생각이 나는지 연신 주머니로 손이 가

나 간신히 참는 것을 알 수 있었다. 할아버지가 살아 계셨다면 나뭇잎 떨어지는 것을 가리키며 떨켜가 되어야 한다고 산교육을 하셨을 것이다.

"시몬, 너는 아는가. 낙엽 밟는 소리를⋯."

구르몽의 시어가 절로 나왔다. 나뭇잎마다 살아온 사랑과 온유를 뿌리며 묵언으로 잦아들고 있다. 자작나무 테마 숲길에서 등산을 시작하면 두 시간이 소요된다고 한다. 벌써 엷은 박모가 내려앉으니 다음 기회로 미루고 예약한 식당으로 갔다. 구수한 능이 백숙은 명불허전이었다. 좋은 육식에 반주가 어울리나 술을 마시면 형이 담배가 간절해질까 봐 형수가 의식적으로 시키지 않는다. 나도 모르는 채 시치미를 뗐다.

주말이라 그런지 차가 계속 밀려 신호대기에서 주차하고 있는데 오토바이가 굉음을 내며 달려가더니 앞에 가는 여자의 핸드백을 날치기해서 달아난다. 조수석에 타고 있던 나는 재바르게 차에서 내려 오토바이를 뒤쫓았다. 도로와 인도를 구분하지 않고 질주한다. 마침 순찰 중이던 경찰차가 오토바이 앞을 가로막았다. 나는 날치기범을 가격하고 뒤에서 팔을 잡아서 틀었다. 경찰이 다가와서 훌륭한 시민 덕에 날치기 범을 잡았다고 신원을 확인한다. 훌륭한 시민이 되려고 의도적으로 한 행동이 아니라 무척이나 쑥스러웠다. 재차 묻는데 할아버지의 모습과 형의 일기장이 떠올랐다. 마침 형의 차가 뒤따라와 얼른 이름을 댔다. 김성배라고.

차에 타는데 아내가

"왜 큰아빠 이름을 말해?"

이상하다는 듯 물었으나,

"아. 별것 아니야."

아내가 그때부터 겁도 없이 그렇게 위험한 짓을 하면 어떻게 하냐며, 만약에 일이 나면 자기와 민지는 어쩔 거냐고 자글자글 다그쳤다.

"삼촌 참 대단해. 아직도 고등학교 시절 달리기 실력이 그대로 살아 있어. 그때 하도 빠르고 체격도 좋아 나는 폭격기라 했는데… 동서 몰랐지? 참 대단한 남편하고 사는 줄 알아. 담배 끊었지. 목숨 걸고 좋은 일 하지…." 형수는 형 들으라는 듯 칭찬했다.

얼마 후 형은 훌륭한 시민으로 포상 추천되었다. 물론 양심적인 형은 그 자리에 가지 않았지만 훌륭한 모범 시민으로 뉴스 시간대와 신문을 장식했다. 나는 자신의 작은 선행에 도취해서 취중의 할아버지에 대한 거부감이 손에 쥔 얼음처럼 스르르 녹아내렸다.

얼마 후 형은 최연소 교감으로 승진했다. 사촌이 땅을 사면 배가 아프다는 속담처럼 그 후 문제가 발생했다. 표창이 가점되지는 않았을 텐데 누가 교육청에 투서했는지. 쌍둥이라는 말이 퍼지고 엉뚱한 추측이 난무했다.

'아무 죄 없는 형을 괜스레 낙동강 오리알이 되게 할 수는 없다. 할아버지도 둘째 손자가 떨켜를 잊지 않았다고 하늘나라에서 흐뭇해하실 텐데 어디서부터 꼬인 건지. 하지만 제아무리 똑똑한 CCTV도 쌍둥이를 구별해 낼 수는 없으리라.'

탐진치를 버린 마지막 남은 잎이 우리를 보라는 듯 팔랑거리며 떨어진다.

지고이네르바이젠

갇힌 시간과 제한된 자유는 사람을 널브러지게 한다. 마치 베어놓은 풀같이.

'자유가 없는 자는 자유를 그리워하고 어떤 나그네는 자유에 지쳐 길에서 쓰러진다'라고 어느 시인은 노래했는데, 길에서 쓰러지더라도 지금 현관문을 박차고 나가고 싶다.

"진미선 님, 보건소에서 왔어요."

멍때리고 앉아 있다 보니 얼른 알아듣지 못했다. 정신을 차리고 홈 네트워크 시스템을 눌렀는데 미처 문이 열리지 않았는지 더 크게 부른다.

"진미선 님, 자가 격리하고 계시는 것 맞죠? 보건소에서 왔어요."

혹시 누가 들을까 봐 몹시 불안하다.

그제 우리가 들렀던 경양식집에서 확진자가 발생했다고 급히 검사받으라는 문자가 왔다. 남의 일이라고만 생각하던 일이 우리에게도 발생한 것이다. 찜찜해서 사라 언니와 급히 보건소를 방문했다. 늘 열리던 옆문이 잠겨 있어서 중앙현관으로 들어가 체온을 체크했다.

별로 높지 않고 평상시와 같아 다행이라는 생각이 들었다. 문진표를 작성하고 출입증이 나와 검사를 받았다.

"10초만 참으세요."

검침액이 묻은 면봉이 콧구멍으로 거침없이 들어오더니 인두를 스칠 때 눈물이 핑 돌았다.

제발 아무 일 없어야 하는데…. 다행히 둘 다 음성이라고 했다. 그렇더라도 확진자가 발생한 장소에 갔기 때문에 자가 격리 대상이란다. 나같이 혼자 사는 사람은 집 한 채에 격리되니 별다른 문제가 없지만, 가족과 같이 생활하는 사라 언니는 방 하나에 격리되어 방 밖으로 나오지 못하고 화장실은 물론 취침도 따로 해야 한다. 음식물도 방문밖에 놓으면 먹고 또 방 밖에 내놓아야 하니 보통 불편한 일이 아니다. 확진자가 아니라는 것이 불행 중 다행이랄까.

햇반, 구운 김, 초코파이, 라면, 체온계, 비티크린액, 닥터 큐 세이퍼겔, 쓰레기봉투 등을 놓고 갔다. 나온 쓰레기에 비티크린액을 뿌리되 자기들이 나중에 수거할 테니 봉투 배출은 하지 말라고 한다. 거기에 감염 주의라 쓰여 있었다. 텔레비전에서나 보던 일이 어찌 우리 일이 되었냐고 사라 언니와 전화로 한참 수다를 떨었다. 시간이 없을 때는 눈이 빠질 듯 들여다보던 책이었는데, 집중이 안 되고 괜스레 짜증이 난다. 엠피쓰리 플레이어를 들었다가 휙 던져버리고 오래된 오디오로 눈이 갔다. 지고이네르바이젠을 크게 틀었다. 박물관에 갈 정도의 먼지 앉은 구닥다리인데 소리는 멀쩡하다. 느리게 연주되는 부분에서 그가 생각났다. 그의 경양식집에서 확진자가 발생했으니 문을 닫았을 테고 그도 격리 중일 것이다. 아니면 심해서 음압 병상에 갇혀있을지도. 궁금해서 사라 언니한테 전화했다. 언니도 갑작스레 격리되어서 신경을 못 썼다며 거기서 발생했으니 거기 직원 모두 자가 격리 중일 거라고 했다.

오디오도 엠피쓰리도 꺼버리고 유튜브의 지고이네르바이

젠을 눌렀다. 빠르게 연주되는 끝부분을 반복해 듣다 보니 진정이 좀 되는 것 같다. 열기는 열기로 다스리라는 이열치열이라는 말은 역시 진리라는 생각이 들었다. 마음이 진정되니 삼 일 전 오후의 잠두봉 입구가 선연히 떠올랐다.

더위가 한풀 꺾이고 마음 자락이 한결 느슨해지는 주말의 해거름에 산책을 나서곤 했다. 새벽에 핀 목화꽃은 엷은 분홍빛으로 변하였고 늦잠 잤는지 한낮에 막 피어난 목화꽃은 잠자리 날개 같은 미색으로 꽃잎을 열었다. 아침에 피어난 나팔꽃은 머리가 무겁다는 듯 벌써 입을 다물고, 향나무에 고개를 기대고 있다.

나는 벌써 3년 전의 시위하던 때를 까맣게 잊어버리고 꽃이 만발한 이 진입로를 통해 산책길로 유유히 들어서는 게 습관이 되었다. 하긴 매일 하던 라인댄스도 벌써 희미해졌다. 코로나로 거리 두기가 일상화되어 딱히 다른 운동을 할 수도 없으니….

온종일 피어서 백일을 꽃핀다는 백일홍을 제외하고 나팔꽃, 목화꽃, 분꽃 모두가 햇빛 온도에 따라 하루 낮에도 피는

가 하면, 금세 지는 변화가 우연일까 하는 생각이 슬며시 들었다. 공방 주인장은 요즈음 급변하는 세태에 맞춰서 꽃을 심었나 하는 생각까지 들었다. 이게 내가 원하는 대로 믿는 확증 편향증이라는 것을 알고 피식 웃음이 나왔다.

"회장님 아니에요? 마스크를 써서….." 하더니 자기 마스크를 쓱 내린다.

"어, 사라 언니, 오랜만이네요."

"자기도 저 아파트 신청했어?"

"아니요. 그렇게 데모하고 어떻게 신청해요?"

"그게 무슨 상관이야? 대의에 의해 데모하고 내가 필요하면 신청하는 거지. 방사광가속기 들어와서 프리미엄이 몇 천이 더 올랐잖아. 하긴 자기는 혼자 사니까 관리하기 힘들어서 안 되겠다. 시위하던 때가 벌써 3년이 훨씬 넘었네."

「잠두봉의 맥을 끊는 난개발 아파트 건설 결사반대」

「난개발을 일삼는 00 건설과 야합하는 00시를 규탄한다」

동산의 반을 깎아 아파트를 짓는다는 잠두봉 입구에서 이런 피켓을 들고 땡볕도 아랑곳없이 한동안 시위를 했다. 담벼락에 플래카드도 내걸었다. 공원 일몰제의 시효 만기가 다가와 개발이란 이름으로 잠두봉이 두 동강 나버리게 되었다고, 우리 아파트 주민자치 위원회 주도로 새 아파트 건설을 반대했다.

누에의 머리를 닮은 산봉우리라 하여 잠두봉蠶頭峰이라 하는데 그 산의 반을 밀어 대형 건설사에서 새 아파트를 짓겠다고 발표했다. 이 잠두봉 기슭이 한강 이남의 8대 명당 안에 드는 와혈 명당이란다. 어느 풍수지리학자의 사진까지 넣은 홍보지를 뿌려 한몫했는데, 이제 그 머리를 자르다니….

시위와 아랑곳없이 파괴된 반쪽에선 공사로 인한 소음과 대형 차량의 통행에 비례해서 회색 콘크리트 벽이 높아만 갔다.

아파트가 들어서는 저 자리에는 추위가 가시기 전 노란 개나리가 수줍은 듯 오솔길에서 초봄을 알려줬고 하얀 마거릿과 빨간 양귀비가 여름이 다가옴을 알려줬다. 가을이면 구절

초와 쑥부쟁이가 행인들의 발길을 붙들었다. 꽃을 돋보이게 하는 초록의 동산은 바라만 봐도 힐링이 되고 동심으로 돌아가게 길라잡이를 했다. 여러 동물 모양으로 향나무를 전지하고 솟대를 세워 놓는가 하면 계절에 맞는 온갖 꽃들이 다투어 피어났다.

그때 있던 출렁다리는 낭만이 있었고 행인들의 포토존 노릇을 톡톡히 했다. 하긴 저 꽃밭도 변화에 상관없이 가꾸어온 공방 주인장의 정성이지만 이제는 그 옛 모습이 추억 속에나 머무른다. 길가 오른쪽에만 겨우 남아있는 꽃밭의 아름다움에 길들어가는 자신이 떳떳하지만은 않다고 생각했는데, 사라 언니는 그 아파트를 분양받았다니….

"상전벽해라는 사자성어 있잖아. 뽕나무밭이 변하여 푸른 바다가 된다는 뜻이지, 세상의 일이 덧없이 빠르게 변하는 것을 말하는데 여기가 그 정도까지는 아니지?"

"난 언니가 상전벽해 같아."

사라 언니는 아파트 모임에서 같이 라인댄스를 하던 동호회원으로 학교 선배다. 본래 이름이 사라연인데 늘씬하고 상냥해서 붙여준 애칭이다. 마광수의 즐거운 사라를 연상했는지 처음에는 별로라고 하더니 점차 이름보다 사라 애칭으로 불리는 것을 좋아했다. 그 시위를 하고도 아파트를 신청해 실리를 취하는 것을 보니 사라의 이미지와 딱 맞는다는 생각이 들었다.

'모든 존재는 불리는 이름대로 산다더니 미끈한 사라의 애칭이 한 몫한 것인가. 어찌 그리 유연하게 기회를 잡았을까.'

"그렇게 유들유들하게 언니처럼 머리가 잘 돌아가야 하는데, 멍청한 것인지 순진한 것인지 언니보다 덜 산 사람이 고정관념이 더하니…."

"뭐 라인댄스는 나보다 유연하게 더 잘했잖아. 그때가 좋았지. 자기를 회장으로 뽑아 놓으니 주민자치회까지 참석하여 시끄럽지 않은 별도 장소와 예산까지 따냈잖아. 시간만 되면 쪼르르 달려가서 몸 풀고 맛있는 것도 먹고 수다도 떨던 그때가 좋았는데. 그놈의 코로나 때문에, 라인댄스도 못 하고 이제는 가끔 이 산책로 오는 운동밖에 못 해. 그 강사님 보고 싶다. 아파트 헬스장은 사면이 막혀서 공기청정기를 돌려도 사방이 탁 트인 이곳보다 좋지 않잖아."

"아무리 코로나라도 출근 안 하는 언니가 무슨 엄살이야? 마음만 먹으면 필라테스를 하면 되잖아."

"우리 사무실의 직원 하나가 출산으로 자리를 비워서 대타하느라 매일 올 수도 없고 또 시향 연주회 준비도 해야 하고…."

"코로나에도 연주회 하나 봐요. 언제인데?"

"응, 이따가 연주회 초청장 줄게. 자기 좋아하는 지고이네르바이젠 연주가 첫 번째야. 준 비상시국이니 확진자가 늘어나면 연기될지도 몰라."

이런저런 이야기를 하며 산책로를 두 바퀴 돌았다. 지고이네르바이젠이란 제목만 듣고도 아쉬움이 일면서 불현듯 그날이 떠올랐다.

오늘같이 토요일이었는데 종일 바빠서 좀 느지막하게 산책로로 들어섰다. 저녁 8시쯤 되었을 텐데 그믐이 가까운지 사위가 어둠으로 채워졌다. 얼른 한 바퀴만 돌고 가야지 하며 부지런히 걷는데, 뒤에서 같이 가자는 바리톤의 굵직한 목소리가 들렸다. 아는 남자가 있을 리 없는데 하고 뒤돌아보니 정확히 보이지는 않지만, 목소리의 주인공이 바짝 따라왔다. 무서운 생각이 들었지만, 주택가 산책로인데 무슨 일이야 있으랴 하며 짐짓 여유를 가장했다. 그가 음악 좋아하냐며 양쪽에 끼고 있던 무선 이어폰 중 한쪽을 얼른 내 귀에 꽂는다. 거절할 시간도 없이 순식간에 일어난 일인데 멍청하게도 자동으로 내 손이 따라가 이어폰이 떨어질까 붙잡았으니….

신기하게도 내가 좋아하는 바이올린곡 지고이네르바이젠의 빠른 뒷부분이 연주되고 있었다.

생판 모르는 남자가 용감하게 행동 개시를 했는데 크게 거부감이 없었던 것은 묘하게도 기호를 아는 듯 내가 좋아하는 곡이었고 어둠 때문이었으리라.

'혹시 스토커 아닐까? 아니야. 이 나이에 무슨….'

그런 여러 생각이 교차해서 좋아하는 곡에 집중할 수가 없었는데 다행히 연속해서 그 곡만 들렸다.

"흰나비 같은 차림이어서 주위가 다 환해요. 대개 흰색을 좋아하는 사람들이 순수해서 음악을 좋아하거든요. 그래서 용기를 냈어요. 매일, 이 시간에 오세요?"

"아니요."

그러고 보니 내가 라인댄스 할 때 입던 흰 면바지에 흰 티셔츠, 흰 모자에 흰 운동화까지 모두가 하얗다. 검은 장막을 친 듯 어두워서 그의 이목구비나 옷 색깔은 정확히 보이지 않고, 위압감을 느끼지 않을 정도의 체구와 흰 운동화만 눈에 들어왔다. 음악에 몰입하지도 못하고 이어폰을 빼지도 않은 상태로 같이 한 바퀴를 걸었다. 혼자 한 바퀴 돌면 보통 20분인데 천천히 걸었으니 30분은 지났을 것이다.

한 바퀴 더 걷겠느냐는 그의 권유를 마다하고 내려오며 별일 없어서 다행이라는 생각이 먼저 들었다.

나는 그날 밤 뒤척이며 잠들 수 없었다. 그 많고 많은 곡중에 하필이면 왜 지고이네르바이젠이었는지. 내가 그 곡을 좋아한다는 것을 알고 의도적으로 작업을 걸어온 것은 아닌지. 아무리 어두워도 그렇지. 안면도 없는 남자가 쓰던 무선 이어폰을 거부하지 않고 넙죽 받아서 그냥 들은 나는 무엇인가. 자신에게도 화가 났다.

지고이네르바이젠은 회색빛 추억을 떠오르게 하는 내게 특별한 곡이다. 바이올린 선율에 끌려 발걸음을 옮긴 게 여고 1학년 때일 것이다. 음악실 열린 문틈으로 들여다보니 총각 선생님이 멋진 포즈로 연주하고 있었다. 처음 듣는 열정적인 곡에 매료되어 그 자리에 발이 붙은 듯 미동도 하지 않았다. 살며시 문을 열고 끝나는 줄 모르고 넋을 놓고 듣고 있는데 연주를 끝낸 선생님이 다가왔다.

"이 바이올린곡 처음 들어 보지? 사라사테의 유명한 곡 지고이네르바이젠인데 우리말로는 집시의 노래라고도 해. 여행하면서 스페인 집시들의 민요를 소재로 만들었다고 하지. 사라사테는 이탈리아의 명품 악기인 스트라디바리로 즐겨 연주했는데, 그 악기는 그가 10세 때 스페인 여왕으로부터 받은 것으로 알려졌어. 사라사테는 다섯 살에 바이올린을 배웠는데 여덟 살에 연주회를 열 정도여서 천재로 칭송받았지. 강렬하고도 비장하게 도입부를 시작하여 느리고 애수에 차게 연주하다가 빠르고 경쾌하게 정신없이 몰아치며 말미를 장식해. 정처 없이 유랑하며 떠도는 집시의 애환을 묘사한 아름다운 곡이야."

나는 사실 시골에서 자라 그때까지 오르간이나 피아노는 봤어도 바이올린이란 악기를 연주하는 것은 본 적이 없다.

바이올린 연주를 듣기 전까지는 친구들이 총각 선생님 이야기를 해도 별 관심이 없었다. 서울 명문대를 나오고 어려서부터 바이올린을 배운 부잣집 아들인데 하숙집도 안다는 그 애들이 걱정되고 얼뜨기같이 보였다.

'그런 선생님이 이 시골 학교에 오래 있겠어? 총각 선생님께 넋이 나가서 쯧쯧…'을 내뱉던 내 마음이 그날부터 화력 좋은 장작에 기름을 부은 듯 타오르기 시작했다. 잠금장치를 아무리 단단히 조여도 그 시간만 되면 나사가 풀려서 발길이 그리로 향했다. 선생님이 대학 재학 중 군대 다녀와서 졸업했다고 하니 열 살 차이는 나지 않을 거라는 엉뚱한 비약까지 하게 되었다.

가끔 긴 머리의 미술 선생님과 함께 있는 모습이 보였다. 그 여선생님이 괜스레 밉고 질투가 났다. 처녀와 총각이 같이 있는 횟수가 점점 늘어나더니 둘이 결혼하여 파리로 유학 간다는 소문이 돌았다. 그 소문이 돌자 눈이 벌겋게 울고 수업 시간에 아프다며 엎드리는 아이도 있었다.

'허드레 과목 음악 미술이 잘됐네. 아예 둘 다 안 보이는 게 낫지.'

나는 시침 뚝 따고 키가 작아서 따먹지 못하는 포도를 시어서 먹지 못하는 포도라고 일찌감치 간주해 버렸다. 시다고 투사시킨 것인지. 지금도 남들이 멘털이 강하다고 말하는데, 아마 그때부터 그런 정신력이 형성되었지 싶은 생각이 들곤 한다. 읍참마속의 심정으로 음악실에 발길을 끊었다. 겨울 방학이 끝나고 두 선생님을 뵐 수 없었다. 내 첫사랑이자 짝사랑이 가슴속에서만 포효하다가 먼산바라기로 막을 내린 것이다. 한동안 지고이네르바이젠이란 말조차 의식적으로 멀리했는데 그날 잠두봉에서 갑자기 외간 남자로 인하여 불시에 듣게 된 것이다. 출근해서도 이십여 년 전의 음악 선생님 생각으로 멍하게 있다가 코로나 검사를 받아보라는 얘기까지 들어야 했다.

'깜깜해서 자세히 보이지 않았는데 그 음악 선생님이었나? 아니야. 오래전 서울서 귀국 연주회 한다는 풍문도 있었는데….'

그 남자에 대한 궁금증으로 주말이 무척 기다려졌다. 만사 제쳐놓고 잠두봉 산책을 우선시했다. 그날보다 좀 이른 시간에 올라가며, 매주 그 시간에 온다고 했을 것을…. 후회가 일었다. 그날 어두워서 실루엣만 봤으니 이목구비나 입은 옷도 정확히 모른다. 우선 남자들의 귀부터 쳐다봤다. 이어폰을 끼었던 것만은 확실하니까. 이어폰을 끼고 있다면 흰 트레킹화를 신었는지 볼 생각이었는데 그날은 이어폰을 낀 남자가 하나도 보이지 않았다. 한 바퀴를 더 걸어도 그런 사람은 없었다. 주말이 아닌 평일 저녁에도 올라갔다가 이어폰을 낀 남자가 하나 있어서 계속 빤히 쳐다봤더니 그 사람이 되레 이상한 눈초리로 바라봤다.

그러다가 코로나로 누구나 마스크를 쓰고 외출하게 되었다. 마스크 쓰지 않을 때도 못 찾아낸 사람이지만 미련이 남아서 이어폰 낀 남자를 계속 바라보았다. 어느 남자는 이어폰을 끼었는데 키가 크니 아닐 것이고 어느 남자는 덩치는 비슷한데 너무 어렸다.

그러는 자신이 한심해서, 꿈이었을지도 몰라. 아니 내가 헛것을 보고 괜스레 헤매고 있는지도 모르지. 생각하면서 잊어버리려 애를 썼다. 시간이 흐르며 점차 희미해졌는데, 사라 언니가 또 지고이네르바이젠 연주회 초청장으로 가라앉았던 진흙 덩어리를 휘저어 뻘건 진흙물을 만든 것이다. 말이 좋아 회색빛 추억 소환이지….

연일 문자가 왔다. 구 별로 집계해서 알려주며 '감염이 의심되면 보건소에서 무료검사, 타 시도 방문 자제 및 방역 수칙 준수'라는 안전 안내 문자가 수시로 왔다. 잠두봉에서 혹시 그 남자를 찾을 수 있지 않을까 하여 몇 바퀴를 더 돌고 왔더니 콧물이 나고 열이 있는 듯하다. 이런 문자 때문인지 코로나가 걱정되었다. 혼자 살며 밥 벌어먹는 나 같은 사람은 확진자가 되면 정말 안 되는데 하는 생각이 들었다. 연일 방송에서는 마스크를 쓰고 손을 깨끗이 씻어라. 밀집 장소에는 가지 마라. 실내 공기를 자주 환기해라. 2미터 이상 거리를 둬라. 이상이 있으면 바로 검사를 받아라. 다 지킨 것 같은데도 괜스레 찜찜했다. 또 보건소에 가서 기다려 드라이브 스루 검사를 받았는데 다행히 음성으로 판명이 되었다. 이렇게 확진자가 확산하니, 당연히 바이올린 연주회도 다음으로 미루어졌다.

잠두봉에서 그 남자를 찾을 수 없어서일까. 혹시 예정했던 연주회의 바이올린 연주자가 그날 그 사람일지 모른다는 생각이 불현듯 들었다. 당장 사라 언니한테 전화했다. 우리 아파트에 거주하는 모교의 교수님 자제분인데 몰랐냐고 한다. 그러니까 그 연주자가 그날 잠두봉의 그 남자일 것이라는 확증 편향 증세가 또 일기 시작했다.

잠두봉 산책길에서 만났으니 가까운 곳에 살 것은 당연한데 왜 그 생각을 진즉에 못 했을까. 옆 동에 사는 줄 알았으면 매일 정신 나간 사람처럼 그렇게 두리번거리지 않았을 텐데….

코로나 확산으로 이번에도 연주회가 다시 무기한 연기되었다.

"지고이네르바이젠 연주하는 우 사장에게 관심 있는 거지? 내가 왜 그 생각을 못 했을까. 자기보다 세 살 적을 거야. 요즈음은 연하의 남자가 트렌드라며? 한번 만나봐. 요즈음 코로나 때문에 아무것도 못 하니 우 사장도 엄청나게 답답해해."

"연주자 보고 사장이라 해요?"

"사장은 본캐고 연주자는 부캐야. 자기도 알 거야. 성안길 우리가 가끔 가던 커피숍 맞은편의 「내가 풍경이 될 때」 이층 양식집 있지? 작년부터 운영하고 있어. 하필이면 인수하여 대대적으로 리모델링하고 나니 코로나가 왔잖아."

"이 나이에 무슨. 언니 또 오버하네. 사람들은 혼자 산다고 하면 무작정 붙여주려고 한다니까."

전화를 끊으며 만나긴 뭘 만나. 한 치 건너면 다 아는 지역 사회인데 쑥스럽게. 언제 한번 슬며시 가 봐야지 하는 생각을 했다. 수현이가 밥을 같이 먹자기에 당장 저녁 약속을 거기서 했다.

온도를 체크하고 방문 기록을 썼다. 리모델링했다고 하더니 그전과 달리 아늑하고 우아한 분위기였다. 초청장에 있는 얼굴을 두리번거리며 찾았으나 보이지 않는다. 손님이 없어서 시야를 넓힐 일도 아니라 눈치를 챘는지, 수현이 누굴 찾느냐고 한다. 사십 대의 혼자 사는 여자가 노총각을 찾는다고 하면 아무리 골드미스라도 자존심이 상하는 일이다. 서둘러 아니라고 시치미를 뗐다. 나오면서도 뒤를 한 번 더 돌아봤다.

그래도 혹시 만날 때를 대비하여 오늘부터라도 다이어트

를 해야겠다고 생각하는데 마침 수현이 산스장까지 같이 다녀오자고 한다. 산스장은 산에 헬스장이 있어서 부르는 신조어인데, 느낌이 좋아서 늘 이렇게 부른다.

친구도 있으니 유유히 걸어서 여러 운동 기구와 거꾸리도 하고 오니, 한 시간은 족히 운동한 셈이라 기분이 좋았다.

사흘 후 퇴근 시간에 혼자서 또 갔다. 어차피 혼자 먹는 밥인데 우연이라도 볼 수 있을지 모르니 오늘 저녁은 그곳에서 해결하자는 생각을 했다. 나밖에 손님이 없어서 돈 주고 먹는 것인데도 미안했다. 조리실과 카운터를 돌아보고 천천히 나왔다. 기분도 안 좋고 초라한 생각이 들어 대형 할인마트에 들러 이것저것 일주일 치 생필품을 쓸데없이 많이 샀다.

이튿날 아침 사라 언니가 생일 축하 카톡을 보내며 저녁을 산다고 한다. 내 마음을 들여다본 듯 사라 언니가 대뜸

"내가 풍경이 될 때, 경양식집 어때?"

" 네, 이따가 거기서 봐요."

나는 서둘러 퇴근을 한 후 공들여 화장하고 이 옷 저 옷을 대보고 골라서 가장 젊어 보이는 옷을 입었다.

152

"이 집이 바이올린 연주자 우운호가 하는 경양식 집이야. 비프스테이크 정식을 특히 잘하는데 그것으로 할까?"

나는 처음 온 듯 시침을 뚝 떼고 아무 말 없이 언니가 알아서 하라고 했다. 사라 언니가 주문받으러 온 직원한테

"사장님 오늘 안 나오셨나 봐요." 하니까 알아보고 얼른 인사를 한다.

"아버님이 편찮으셔서 요 며칠 못 나오셨어요."

"어디가 매우 편찮으신가 보네요."

사라 언니는 마음속으로 두 사람을 엮을 계산을 하고 있었는데 아버지가 편찮으셔서 우운호가 안 나왔다니 심드렁한 표정이다. 애칭같이 포커페이스는 못 된다.

"하긴 세상에 쉬운 일이 어디 있어? 잘 되려고 뜸을 들이나 보다. 사십 넘은 처녀와 총각이 만나기 쉬워? 인연이 닿아야지. 미리 우운호에게 전화하려다가 어색할까 봐 자연스레 만난 것으로 하려 했더니…."

낭패감인지 풍선에 바람 빠지듯 피식 웃는다.

"사모님, 오늘 제비 한 마리 키우시지요."

나는 짐짓 언니를 놀리며 오랜만에 흑맥주도 마시고 취한

척 모처럼 둘이서 기분을 냈는데 그날 그 집에 확진자가 다녀간 것이다.

조침문이 아니어도 이틀 후에 오호, 통재라 소리가 절로 나왔다.

이주 후 검사를 다시 받고 자가 격리가 해제되었다. 뛸 듯이 기뻤다. 당장 현관문을 열어 보았다. 그새 문을 여는 게 어색했다.

골절 수술하고 계속 링거액 등이 달린 지지대를 밀고 다니다가, 나중에 약 투여가 끝났는데도, 빈 지지대를 끌고 화장실을 다녀오던 어처구니없는 자신이 보였다. 맨손체조를 하고 훌라후프, 자전거 돌리기를 열심히 했는데도, 확진자가 되어 몸이 비둔했다. 다리 달린 짐승이 마음대로 움직이지 못하고 좁은 행동반경이 정해져 있으니 스트레스 살이 쪘다고 사라 언니와 반죽이 맞는 수다를 떨었다.

"우리같이 살찌라고 소, 돼지 등 짐승들은 움직이지 못하는 아주 좁은 장소에서 가두고 잔인하게 사육하잖아. 더 많은 돈을 벌려고. 아무리 피보다 진한 돈이라지만 말 못 하는 짐승한테 너무 한 것 같아. 목장 같은 데서 자유롭게 사육하는 것은 옛이야기래."

"거기다가 소는 거세하고 인공으로 수정시킨다잖아. 닭도 달걀을 쪼아댄다고 병아리 때 부리를 자른다고 하고. 돼지도 이빨을 뽑고 꼬리를 자른대. 구두를 만들기 위해 새끼송아지를 바로 죽여서 가죽을 벗기더라고. 시간의 여유가 있어서, 텔레비전 시청을 했는데 자꾸 떠올라서 본 게 후회가 돼. 동물 애호가들 힘만으로는 이런 것을 못 막잖아. 또 난개발로 환경을 마구 파괴하니 인간들 정신 차리라고 신이 코로나라는 역병을 주신 것 같아. 대대손손 후손들이 살 지구촌, 순리대로 환경을 보호하며 살아야 하는데…."

"맞아요. 병 걸렸다고 살아있는 소 돼지들을 다 땅속에다 파묻었잖아요. 그 썩은 물인 줄 모르고 또 우리가 마시고 있으니…."

가까이 걸을 수 있는 잠두봉 산책하자는 말을 동시에 꺼냈다. 아무 제한도 받지 않는 자유로운 산책로를 앞서거니 뒤서거니 하며 꽃구경했다. 앞서가는 사라 언니의 뒷 태가 이주 전보다 확실히 몸이 불어 내 모습을 보는 것 같았다.

사라 언니가 일 개월이 지나니 위로금이 입금되었다고 자기도 확인해 보라고 한다. 두 주 동안 자유를 구속당한 대가치곤 괜찮은 액수라고 쓴웃음을 지었다. 사라 언니가 인상을 쓰더니 안타까운 소식을 전한다. 우운호의 아버지가 코로나 증세가 심해 음압 병상에서 치료받았는데 며칠 전 타계해서 장례를 치렀단다. 평소에 기관지가 나빠서 고생하셨지, 다른 지병은 없었다고 한다. 이 지역의 저명한 교수여서 제자들이 엄청날 텐데 코로나로 조문객을 하나도 받지 못하고 불식간 화장을 해서 아무도 참석하지 못했다니 안타깝다. 하긴 외동아들인 우운호도 자가 격리 중이어서 상주가 참석하지 못하고 사모님 혼자 유리문을 통해 쓸쓸한 작별을 하고 바로 알츠하이머 증세가 나타났다고 한다.

"아무리 인명은 재천이라고 하지만 너무 허무한 것 같아요. 그리고 교수님이 참 아깝고 안 되셨어요. 고종명을 오복에 넣는 이유를 알 것 같아요. 노인 한 분이 돌아가시면 도서관 하나가 없어지는 것과 같다는 아프리카 속담이 있는데, 교수님은 워낙 박식하셔서 도서관 몇 채가 없어진 것과 같을 거예요."

"교수님도 그렇지만 우운호 불쌍해서 어쩌나. 아버지 저렇게 갑자기 돌아가시고 어머니는 치매일 줄도 모르고. 지난해 대출 잔뜩 받아서 인수한 경양식집 리모델링까지 신경 써서 했는데 이제 문을 닫게 될 것 같아. 확진자가 발생한 음식점이고 문을 장기간 닫아서 손님이 다 끊어졌을 거야. 음식 잘하던 주방장도 문을 닫으니 입이 포도청이라 다른 곳으로 갔다나 봐. 이래저래 성안길에 문 닫은 곳이 많은데 또 문 닫게 생겼어. 코로나가 죄 없는 여러 사람 꿈을 접게 하네."

"공연이 있으면 바이올린에 빠져서 힐링이 되었을 텐데 아버지 돌아가시고 코로나 상황에서 바이올린 잡고 싶겠어? 그렇게라도 풀면 좋을 텐데 우울증 걸리겠어."

사라 언니와 이 얘기 저 얘기하며 오랜만에 산스장에서 운동하고 끝까지 다녀오니 한 시간여가 흘러갔다. 마스크를 쓰고 걸었지만 그래도 바깥바람을 쐬니 숨이 트이는 듯 모처럼 기분이 좋아졌다. 자잘하지만 생명력이 느껴지는 이름 모를 풀꽃들과 소나무 피톤치드 향이 내 가슴으로 마음껏 밀고 들어온 듯하다.

장엄한 노을이 어둠과 순연히 교차하는 시간인데 멀리서 들리던 불자동차 소리가 점점 커지며 가까이 다가온다. 저 소리만 들으면 불안해지는데, 내려오며 보니 우리 아파트 입구에 집결해 있고, 작은 119 응급차가 보인다. 불안이 엄습한다. 혹시 우리 집은 아닐까. 사라 언니도 같은 말을 한다. 여기 십여 년을 살았지만 이런 일은 처음이다. 사람들이 많이 나와 있는데 다행히 옆 동인가 보다. 얼른 집으로 뛰어 들어가 우리 집은 아무 이상이 없음을 확인하고 다시 밖으로 나와 사람들 틈에 섞였다. 한참을 서 있으려니 어둠 속에서 경찰이 한 사람을 연행해 간다. 하얀 운동화만 보이는데 실루엣이 꼭 잠두봉에서 지고이네르바이젠을 들려주던 그 사람 같아 가슴이 철렁했다.

'설마 바이올린 연주하는 사람이 방화했다고?'

조금 있으려니 관리소 방송이 나왔다.

"주민 여러분, 104동 306호 가스레인지에서 불이 나 잠시 소란스러웠는데, 완전히 진화되었으니 걱정하지 않으셔도 됩니다. 다 같이 생활하는 공동 주택, 불조심해 주시기 바랍니다."

가스레인지에 음식을 올려놓고 깜박했구나. 노인이신가? 자리를 뜰 때는 아무것도 올려놓지 말아야지. 젊어도 건망증을 알 수 있어? 혼자 묻고 혼자 다짐했다.

이튿날 사라 언니한테서 전화가 왔다.

"차라리 안 만난 게 잘 되었어. 우운호가 불쌍하지만 서로 소개했더라면 뺨 맞을 뻔했어."

"사라 언니, 무슨 소리야?"

"아 글쎄, 어제저녁에 불난 게 실수로 불 난 게 아니래. 우운호가 자가 격리 중 아버지가 돌아가셔서 상주 노릇도 못 했는데, 혼자 지킨 어머니가 그 충격으로 치매 증세가 나타나셨나 봐. 인수한 경양식집은 손해가 커서 문을 닫아야 할 지경이고…."

"그렇게 치매가 나타나나요?"

"그전에도 깜빡깜빡했는데 건망증인 줄 알았다지 뭐야. 갑자기 남편이 타계하시니 증상이 나타났나 봐. 우운호도 바이올린으로 스트레스를 푸는데 연주회도 못 하고 코로나로 저런 상황이니 연습할 마음이 나지 않았을 거야. 자가 격리되어 사람도 만날 수 없는데 어머니가 자꾸 딴소리하니 스트레스로 우울증이 발생했겠지."

"내성적인 사람들이 우울증 걸릴 확률이 높다는데…."

"착한 사람인데 말보다는 연주로 자기를 알렸으니 내성적인가?"

"무얼 올려놓고 딴생각했나 봐요. 저도 지난번 글 쓸 때 시래기를 삶으려고 올려놓고 시래기 타는 냄새가 나는데도 남의 집에서 나는 줄 알았어요."

"그랬으면 좋게. 그 착한 사람이 가스레인지에 불쏘시개를 올려놓고 불을 붙였대.

탈출구가 없어서 순간적으로 어머니랑 같이 죽어버리려고 그랬나 봐. 사람이 막다른 길에 다다르면 그렇게 생각이 막히는 것인지. 그래서 그날 연행되었는데 우울증 증세가 심하고 전과가 없어서 풀려 나왔어."

"그 사람 불쌍해서 어떡해요?"

"거기다가 아파트 주민들이 불안해서 못 살겠다고 연판장을 돌렸대. 공동 주택에 또 방화하면 어떻게 하느냐고. 그래서 앞 중개소에 급매물로 내어놓았다지."

우두커니 잠두봉을 바라보다가 나가서 104동 앞을 배회했다. 306호에 불이 켜져 있는 것을 보니 별일 없는 것 같아 안심되었다. 가서 문을 두드리고 당신이 지고이네르바이젠 연주하는 것을 내가 얼마나 기다린 줄 아느냐. 왜 그리 바보 같은 짓을 했느냐고 소리라도 지르고 싶은 감정이 이내 솟구쳤다. 망설이다가 밖에서 306호 초인종을 냅다 누르고선 누가 볼세라 쏜살같이 도망왔다. 한 번도 마주 본 적이 없는 그에게 내가 무슨 권리로 그럴 수 있겠는가. 그게 더 우습지.

'그래도 그날 잠두봉에서 내가 더 따뜻이 대했더라면….' 이 생각 저 생각으로 서성이며 지고이네르바이젠을 수도 없이 반복해 듣지만 겉돈다. 자는 시간을 잊은 데다 생각이 영켜서 잠이 오지 않는다. 이색 저색을 마구 섞으면 캄캄한 검정이 되듯 아무 생각도 못 하는 숯검정이 된 것 같다. 눈에서 버석버석 소리가 나듯 아프다.

내가 소우주라고 생각한 적도 있는데 내 고민과는 아랑곳없이 어느새 어제와 같은 찬란한 빛이 창문으로 들어온다. 잠 못 잔 피부라 푸석푸석한데도 애써 정신을 차리고 밖으로 나왔다.

새벽부터 분홍, 주황 등 저마다의 색깔로 피어난 백일홍이 애처롭다. 내 마음은 아랑곳없다는 듯 이주 전이나 다름없게 고개를 바짝 세운 채다. '우리 인류도 저리 곱게 살아남아 지고이네르바이젠 같은 아름다운 곡을 계속 들을 수 있을지….'

가장 강한 종족은 힘이 세거나 머리가 좋은 종족이 아니라, 변화에 적응해 살아남는 종족이라고 한 찰스 다윈의 말이 떠올랐다.

'그래 맞아. 식물도 변화에 적응해 살아남는데, 가장 강한 종족인 인간 아닌가. 더군다나 나는 신선 선仙 자 이름을 가진 진미선이다. 어젯밤 잠시 눈을 붙였을 때 말에서 떨어지던 사람이 떠오른다. 내가 신선처럼 그를 살려야 한다'라는 소명 의식이 발동하며 104동 306호로 치닫기 시작했다. 용감하게 초인종을 눌렀다.

마침 그의 어머니가 누구냐 묻더니 문을 열어준다. 큰 소리로 아들을 부르는데 아무 소리가 없더니 "아이고~ 운호야. 이 일을 어째? 119 좀 불러줘요." 소리를 지른다.

신발을 신은 채 쫓아 들어갔다. 침대에 그가 축 늘어져 있다. 스마트폰 누르는 손이 덜덜 떨린다. 구급차 오는 시간이 왜 그리 더딘지….

'오 아~ 오 아~' 사이렌 소리가 요란하더니 드디어 119구급차 요원이 들이닥친다.

"연판장을 돌려서 우울증이 도졌나? 이사 간다더니 약을 먹었나 봐. 이를 어째. 코로나가 멀쩡한 젊은이 또 잡겠네." 어느새 다가선 앞집 통장의 목소리가 날카롭게 고막을 찢는다.

사라지는 사이렌 소리가 지고이네르바이젠 마지막 부분인 듯 환청처럼 파고든다.

메이저 아르카나 13번

앞이 캄캄하더니 순간 아무것도 보이지 않는다.

갑자기 컴퓨터 모니터에 검은 줄이 나타나면서 새까매졌다. 멀쩡하던 눈이 모니터를 닮아서 청맹과니가 되었는지 초점이 맺히지 않는다. 정현은 눈을 감았다가 떠본다. 겨우 보인다. 아무 짓도 하지 않았는데 오른쪽 아래에 랜섬웨어 글자가 돌연히 출현했다. 정현은 불길이 번지듯 소름이 끼쳐 얼른 전원을 껐다.

내가 미쳤지, 아무리 급해도 컴맹을 면한 기계치가 저장하면서 쳤어야지. 다시 한번 읽어보고 보내려 했는데 이제 어쩔 거야? 말짱 도루묵인걸. 내일이 마감일인데 유비무환을 알면 뭐 하냐고? 이 밤에 컴퓨터 기사를 부를 수도 없고….

이번에도 역시 꽝이라니 숙맥이 따로 없다. 숙맥이란 게 보리와 콩을 구별 못 하는 등신이라 하더니 그게 자신을 두고 하는 말이라고 정현은 한숨을 쉬었다. 이번이 처음이 아니다. 지난해에도 J 상 공모 경향과 몇 년 치 당선작을 달달 외울 만치 읽고 준비했으면서 갑작스러운 정전으로 제출도 못 했다. 또 이 짓을 하다니 나는 구제 불능이다. 신춘문예와 인연이 없는 것 같아 한 번 도전해 보려고 했더니, 이제껏 헛수고했다고? 바쁠수록 돌아가야 하고 아무리 바빠도 바늘허리에 실 묶어서 못 쓰는 건데….

하긴 아침부터 이상한 조짐이 나타났었다. 난데없는 경고음이 서너 차례 요란하게 울렸다. 가까운 괴산에서 4.1 진도의 지진이 일어났다. 내륙에서도 큰 지진이 일어날 수 있다는 것을 보여준 것이라고 할지.

게다가 웹검색을 하는데 갑자기 인터넷과 연결이 안 되었다는 메시지가 떴다. 한참 동안 연결선을 뺏다 끼웠다가 하며 겨우 인터넷 연결을 하고 나니 프린터에 빨간 불이 계속 들어왔다. 아무리 들여다보아도 종이가 끼지 않았는데 플러 그를 다시 꽂고 먼지를 닦아 주어도 인쇄가 되지 않는다. 급해서 명훈을 불렀는데 대답이 없다. 방문을 확 열었더니 핼러윈 데이인지 할로겐 데이인지 준비물을 만든다고 난리다. 아침부터 제 방에서 친구 영석이와 핼러윈 장식 등불인 잭오랜턴을 만든다나. 늙은 호박 속을 파내고 껍질에 눈과 입 구멍을 내 촛불을 밝히는 중이다. 볼멘소리하면서도 먼지 같은 종이 부스러기가 가득 차서 그럴 것이라며 재바르게 분해하더니 고쳐 놓았다. 그러더니 엄마 때문에 늦겠다며 영석이와 쏜살같이 줄행랑을 쳤다. 명훈이가 꼭 저 영석이 녀석이랑 붙어 다니는 게 참 못마땅하다고 정현은 혼자 중얼거리며 문을 닫았다.

정현은 이런 불상사를 예상하지 못하고 미리 대비하지 못한 자신에게 짜증이 났다. 이 시간에 어떻게 할 수도 없고 컴퓨터 기사에게 헛일 삼아 문자를 보낸 후 타로카드를 휘리릭 섞었다가 한 장을 뽑아 들었다.

아뿔싸, 눈을 돌리고 싶다. 죽음을 뜻하는 무장한 해골 형상의 메이저 아르카나 13번이다.

뭐 죽음 카드라고? 그런 쓸데없는 짓 한 손을 벌주듯 주먹을 움켜쥐고 책상을 후려쳤다. 괜스레 투사하고 나니 손이 얼얼하니 아프다.

'아니야. 졸업이 다른 시작을 나타내듯 그렇게 생각할 수도 있잖아? 타로를 가르쳐 주던 선생님도 내담자인 시커가 카드를 어떻게 해석하느냐에 따라 결과가 달라진다고 했어.' 정현은 의식적으로 평정을 되찾으려 애쓴다. 원래 방어기제가 강한 정현이지만 부아가 끓어 올라 얼른 진정이 되지 않는다.

세차하면 비가 오고 새 구두를 신고 나가면 지나가는 차가 흙탕물을 뿌려 옷까지 버리기 일쑤다. 매장에서 할인 판매할 때도 줄을 서면 정현의 앞에서 끝이 났다. 싸게 사지도 못하면서 괜스레 군색하게 줄을 선 것 같아 보는 사람이 없는지 사방을 두리번거리며 터덜터덜 발길을 돌리던 정현이다. 당연히 로또나 뽑기같이 횡재수가 있는 것은 당첨이 되지 않을 테니 아예 그 자체를 구매한 적이 없다. 그래도 살면서 구제불능 대형 사고는 치지 않았으니 일단 자고 보자고 자리에 누웠다.

바람과 함께 사라지다의 끝부분 명대사, 내일은 내일의 태양이 뜰 거야. Tomorrow is another day를 우리말과 영어로 번차례로 반복하며 최면을 걸어도 눈만 말똥말똥 잠이 오지 않는다.

친구 자영이 한숨을 쉬며 이야기하던 생소한 단어 랜섬웨어가 그제야 떠올랐다. 아무리 친구의 일이라도 나의 일이 아닌 것에 별 관심을 두지 않는 정현이라서 그때 귀 기울이지 않은 것이 후회되었다. 다시 일어나 스마트폰으로 랜섬웨어를 검색했다. '컴퓨터 시스템에 대하여 사용자가 정상적으로 사용하지 못하도록 만든 후, 이를 볼모로 잡고 금전을 요구하기 위하여 퍼뜨리는 악성 파일'이라고 검색되었다. 이를 어쩌나. 계획이 수포가 된 것은 차치하고라도 수많은 원고 손실에, 쓸데없이 거금을 들여야 한다는 생각이 미치자 자신이 참 한심했다. 어제 매듭을 지으려던 소설 말고도 엄청난 파일이 들어 있을 것이다. 등단 후 10여 년 동안 일간지와 잡지에 기고한 모든 원고가 들어 있다. 그동안 강의한 원고와 파워포

인트 자료도 많을 텐데. 도저히 무엇이 사라졌는지 모두 기억할 수가 없다. 이미 출간한 책들의 원고야 책이 있으니 별 문제가 아니련만 그 외에 뭐가 더 들어 있을지….

정현은 벌떡 일어나서 물 한 잔을 마시고 몽유병 환자처럼 서성이다가 비어 있는 아들 방을 열어보았다. 대충 치우고 간 것 같은데 호박씨가 군데군데 떨어져 있다. 지저분해서 간만에 명훈의 방 청소를 했다. 한밤중에 이렇게 청소하는 것을 동원이 봤다면 정신이 어떻게 된 것 아니냐고 혀를 찼을 것이다. 평소에 늠늠한 동원이 세상모르고 취침 중이니 어쩌면 다행이지 싶었다. 정현이 지난 해에도 저장하지 않아 헛수고했다는 것을 그도 알기 때문이다.

이 생각 저 생각하다 보니 큰 실패는 아니라도 살면서 저지른 실수가 하나하나씩 떠오르기 시작했다. 하긴 지나갔으니 큰 실수가 아니라고 하지, 그때는 정현 스스로 이 지구에서 사라졌으면 싶은 사건들이었다.

고등학교 입학시험 날이었다. 정현은 평소에 어학보다 수

학을 좀 어려워했는데 말도 안 되는 아주 쉬운 문제가 하나 출제되었다. 아마도 영점 처리가 없게 하려는 출제자의 의도인가 보다고 쓴웃음을 지었다. 다시 읽어보지도 않고 쾌재를 부르며 작성한 답안지를 제출했다. 뺄셈을 덧셈으로 계산해 버린 것을 나중에 알았다. 그로 인해 수석을 놓치고 담임선생님의 기대에 부응하지 못한 채 실망을 안겨 드렸다. 스스로 생각해도 참 어이가 없었고 학교에도 면목이 없었다.

그다음 고등학교 3학년 때는 경주김씨인 정순왕후를 안동김씨라고 우겨서 반 전체에 한동안 웃음거리가 되었다. 교과서 없이 줄줄이 외워서 수업하던 역사 선생님이 왜 그리 멋있게 보였던지. 암기를 잘하는 정현도 새 학기 시작 후 얼마 되지 않아 역사샘 2세라는 소리까지 듣게 되었을 때였다. 그러고도 그런 착각을 한 것은 어린 정순왕후가 권력 유지의 화신이었으니, 당연히 그 당시 세도가인 안동김씨일 거라는 확증편향이 아니었을까.

정현은 대학 졸업 후 선망하던 직장에 취업이 되었는데 참 기막힌 일이 발생했다.

172

그때 정현의 업무에 직원 급여 지급이 있어 건장한 남직원과 동행했다. 창구 직원이 정현에게 인출 금액을 묻더니 재차 묻는다. 그러면 이상히 여기고 금권을 다시 확인했어야 했는데 문제 발생의 실마리를 제공했다. 수령을 한 후 직장에 가서 봉급 봉투에 나누어 담다 보니 아직 채우지 못한 봉투가 많이 남았는데 돈이 없었다. 정현은 다시 전 직원의 급여명세서를 확인하고 기억을 더듬어 보았다. 그제야 인출액이 구천구백구십만 칠천육백 원인데 구천구십만 칠천육백 원이라 말하고 받아왔으니 구백만 원 차이가 났다. 창구에 얼른 전화했으나 담당자는 없고 저녁에 시재를 맞추어 남으면 돌려주겠다고 한다. 이십 년 전 그 돈은 상당히 큰 금액이었다. 그 당시 정현의 월급이 칠만 원이 되지 않던 시절이었으니.

우선 당장 직원들의 봉급 지급이 큰 문제였다.

경찰서에 사고 신고를 한 대가로 정현은 검찰에까지 불려가 조사를 받았다.

"둘이 사귀는 관계지? 솔직히 말해. 그 돈으로 같이 도망가려 했는데 남자가 마음이 변해 튄 거야."

밤을 새워 고민하고 이런 시달림을 받으며 상사들과 친목회에서 돕고 사채를 얻어 어찌어찌 해결되었다.

죽어버리려고 의림지 방죽까지 갔을 만큼 창피한 일이었다. 전화위복인지 운명의 장난인지 거기서 감사반장으로 나왔던 동원을 만났으니….

정현은 언젠가 그 인연을 다시 이야기했다. 동원은 멋쩍어하며 휴학 후 등록금 마련 차 온 사람한테 필요충분조건을 제공했다고 하니, 오지랖도 그런 오지랖이 어디 있냐며 그때는 콩깍지가 씌었었다나?

인제 그만 자야지 하는데도 한번 달아난 잠의 주인은 돌아오지 않고 이어달리기하듯 바통 터치하며 지나간 아픔이 줄줄이 소환되었다.

결혼하고 임대아파트에 살 때였다. 우연히 아파트 입구에서 고교 동창 미숙을 만났다. 그녀는 동생이 여기 살아서 가끔 온다며 차 한잔 마시자고 한다. 근처에 커피숍도 마땅치 않아 집에 들어온 미숙은 호구조사 하듯 둘러보더니 맞벌이하면 중소기업인데 그 돈을 어떻게 관리하냐고 물었다.

"재형저축 들고 저금하고 있어. 땅을 볼 시간도 없고 안목도 없어서….."

했더니 한심하다는 듯한 눈초리로 쳐다봤다.

"낮은 예금금리가 높은 물가를 못 따라잡기 때문에 백날 저금해야 헛수고야. 투자해야지. 나는 처음에 한 칸 셋방에서 시작했는데 몇 번 돌려치기 했더니 큰 아파트가 생기더라. 저 위에 보이는 지웰시티 아파트가 우리 집이야."

그녀가 으쓱대며 자랑했다.

얼마 후 미숙의 집에 초청받은 정현의 마음이 흔들리기 시작했다. 우선 확 트여서 속이 시원하게 넓고, 바닥의 대리석부터 부티가 좔좔 흘렀다. 그런 마음을 알았는지 미숙이 투자하려다가 그만두었다는 대지를 소개해 주었다. 처음으로 대출받아 이자를 물며 7년을 버텼는데 마침 그 대지 옆집에서 집을 넓혀 짓는다고 정현한테 팔라고 사정했다. 물론 산 가격보다 훨씬 높은 가격에 팔고 동원에게도 자랑했다. 거기까진 괜찮았는데 2년 후 도로가 개설되자 그 대지는 무수리가 중전이 되듯 화려한 한식집으로 변모했다. 숙종의 눈 밖에 난 장희빈의 마음이 이러했을까 싶게 정현은 한참이나 가

습앓이하고 동원한테도 그 이야기를 더 하지 못했다. 정현은 지금도 그 근처에 갈 일이 있으면 일부러 돌아서 간다. 기획 부동산 같은 것에 사기당해 길에 나앉은 사람들도 있고 친구한테 사기당한 사람도 있다고 자신을 위로하면서 살지만….

정현은 지나간 실패를 소환해서 되씹다 보니 그래도 마음이 한결 편해졌다. 일어나지 말았으면 좋았을 부끄러운 실수였지만, 해결이 잘 되고 세월이 흘러선지 내 일이 아닌 듯 희미하다. 지금은 편안히 잠든 동원이 옆에 있으니, 랜섬웨어도 잘 해결되리라는 말도 안 되는 믿음이 생겼다. 곤경에 처하면 지푸라기라도 잡는다더니 정현은 단단한 동아줄에 매달리듯 손에 힘을 주었다.

"믿음은 바라는 것들의 실상이요 보이지 않는 것들의 증거라"라는, 히브리서 11장이 영화 프롤로그처럼 생뚱맞게 떠올랐다.

정현은 언젠가 남편을 후배 지은이에게 소개했다.

"언니는 형부 어디에 반했어?"

동원의 키가 작다고 느껴선지 아리송한 표정으로 지은이

물었다.

"사슴 같은 눈에 반했으니 눈이 맞은 건가?"

평소 품고 있던 생각을 말했더니 구체적으로 말해 보라고 지은이 보챘다.

"쇠제비갈매기의 짝짓기 들어 봤지? 봄철이 되면 수컷은 종족 번식을 위해 치열한 구애 작전을 벌이는데 그들의 구애 방법이 좀 특이해. 물속에 머리를 박아 어렵사리 잡은 물고기를 입에 물고 암컷들이 있는 곳으로 가서 먹이를 흔들며 구애를 시작하지. 잡은 물고기를 이리저리 흔들며 암컷들의 주위를 빙빙 돌다가 어느 암컷이 마음에 들면 입에 물었던 먹이를 암컷의 입에 넣어 주고 둘은 부부가 돼. 암컷이 배우자를 선택하는 기준은 가정을 이루었을 때 수컷이 가장의 역할을 얼마나 잘 할 수 있을까를 판단해서 결정하는 거야. 화면으로 보면 더 실감이 나는데 암컷이 나중까지 생각하고 큰 물고기를 물고 있는 수컷을 짝으로 택하는 거야."

자분자분하게 말해주었다.

"언니는 어쩜 말도 그렇게 잘해? 나처럼 피상적인 것만 보는 게 아니라 심안으로 속까지 들여다보고 앞을 내다보는 혜안이 있어. 아무렴. 아무나 글 쓰는 게 아니지. "

부러워하던 지은의 눈망울이 떠올랐다.

왜 그렇지 않겠는가. 키 크고 영화 포스터에 나오는 배우 같이 잘생긴 사람에 반해서 급히 결혼하더니 지은은 급히 먹은 밥에 체했다. 허우대가 멀쩡한 그녀의 배우자가 여자 문제로 속을 썩인다고 했다. 첫 번에는 눈감아 주었는데 그런 행태가 계속되더니 결국 이혼했다. 헤어진 남편이 달고 사는 말이, 장미 예쁘지? 백합은? 그렇다고 채송화는 안 예뻐? 날 보고 어쩌라고…, 라고 했다나? 정현은 까칠한 피부에 눈 밑이 거무죽죽한 지은이 참 안 됐다는 생각이 다시 들었다. 잘생겼으면 좋은 쪽으로 인물값을 했어야지, 모델이나 탤런트도 아니면서 배우자나 가정에 대한 책임감도 없는 위인을 선택한 대가가 너무 컸다. 지은은 아직 젊은데 아이들도 그렇고 어떻게 살아가야 할지….

정현은 자신이 잠을 못 잘 정도이면서 지은을 걱정하는 게 맞는지 오지랖이 참 넓다는 생각이 다시 들었다. 불안감이란 게 결국 무언가를 얻기 위해 치러야 하는 대가란 걸 인정하고 무언가를 놓아 버리면 마음이 편해진다더니, 그건 진리였다.

정현은 이제 될 대로 되라지 하며 툭 던져버렸더니 까무룩 하며 눈이 스르르 감겼다.

그때 하필이면 거실 전화벨이 울렸다. 어둠이 정적을 머금은 시간이라 그 소리가 유난히 더 크게 들렸다. 불길한 마음으로 동원이 깰까 봐 얼른 전화기를 들었다. 서울 사는 명훈의 고모였다.

"언니 주무시는데 죄송해요. 명훈이 전화 왔어요? 우리 은율이가 전화를 계속 안 받아 더 기다리지 못하고 전화했어요. 명훈이가 영석이 하고 와서 저녁 먹고 핼러윈 데이에 간다고 셋이 같이 나갔는데…."

"응. 명훈이 갈 때 오늘 밤 축제 지나고 모레 학교로 바로 간다고 했어. 다 큰 애들 믿어야지. 토요일이니 코로나로 분출 못 한 젊은 끼를 끼리끼리 어울려 발산하겠지. 별일 있으려고?"

"은율이는 그런 적이 한 번도 없어서 자꾸만 불안하네요. 잠 깨워서 죄송해요."

걱정과 불안으로 말이 떨리는 명훈 고모와의 전화가 끊겼다. 새벽 다섯 시가 다 되었다.

나쁜 일은 한꺼번에 온다더니 랜섬웨어로 꼴딱 밤을 새우고 눈을 붙이려 하는 새벽에 고모까지 안 하던 전화를 하고….

'옛말 하나도 틀리는 게 없지. 참 지독한 밤이다.'

정현은 혼자 중얼거리며 잠시라도 자려고 눈을 감았다. 조금 있으려니 일찍 취침에 들었던 동원이 거실로 나가 텔레비전을 켜서 윙윙거린다. 그때 또 전화벨이 울렸다. 동원이 전화도 받지 않고 다급하게 소리를 지른다.

"여보, 명훈이 어디 간다고 했지?"

"왜요? 서울 간다고 했는데….”

"일 났어. 빨리 나와 봐. 이태원 간 것은 아니지?"

텔레비전 자막에서 이태원 사진 위로 핼러윈 축제 압사 소식이 크게 활자화되고 있었다. 타로의 메이저 아르카나 13번의 해골이 그 위에 겹치며 정현은 고주박처럼 픽 쓰러졌다.

"명훈아."

부르며 쫓아가니 영석이는 앞서서 잘 뛰어가는데 명훈이는 간신히 따라가다가 타로의 그 흉측한 해골에 가려서 희미하게 없어졌다. 온몸에 소름이 돋았다.

정현은 소리를 지르다가 제소리에 놀라 눈을 떴다. 그사이에 꿈을 꾸었나 보다.

정현이 겨우 눈을 뜨니 얼굴에서 물이 흐르고 옷이 축축하다. 걱정스러움을 가득 담은 눈으로 들여다보는 동원의 눈동자를 마주하고서야 사태 파악이 되었다. 갑자기 실신하니 동원이 물을 끼얹었나 보다.

"명훈이 사라졌다고? 아니야. 아니야. 말도 안 돼. 꿈은 사실과 반대랬어."

중얼거리는 정현의 소리를 잠식하듯 또 신경질적으로 전화벨이 울렸다.

"언니, 어떡해요? 이태원에서 큰 사고가 났다는데 은율이와 전화가 안 돼요. 명훈이 전화 안 되면 그 애 친구 영석이한테라도 전화 좀 해보세요."

정현은 그제야 고모가 첫 새벽부터 못마땅하게 전화한 것이 이해되었다.

명훈의 번호를 누르는데 손이 덜덜 떨려서 스마트폰을 떨어뜨렸다. 동원이 전화하는데 명훈이도 영석이도 전화를 받지 않는다. 속이 탄다. 다시 전화기를 주워 번호를 눌렀다. 한참이나 신호가 가도 받을 수 없다는 신호음만 계속 야속하게 들려온다.

손에 닿는 대로 옷을 주워 입은 동원이 자동차 키를 집어 든다. 몸도 좋지 않으니 집에 있으라는 동원의 말을 못 들은 척 정현도 따라나섰다.

"불안해서 어떻게 집에서 기다리겠어요? 따라가서 눈으로 보는 게 낫지."

동원이 막 출발하려는 차를 세워 간신히 탔는데 차를 얼마나 빨리 모는지 정현은 더럭 겁이 났다.

"아무 일도 없을 거예요. 제발 속도 좀 줄여요."

별 끔찍한 상상을 다 하며 그 소리를 몇 번이나 했는지 모른다. 정현은 꿈은 사실과 반대랬어, 라는 소리를 수도 없이 되뇌며 손을 모으고 기도했다.

"하느님. 부처님. 제발 우리 명훈이가 무탈하게 해주세요."

신자도 아니면서 간절한 기도가 절로 나왔다.

무탈하다는 계시가 들리는 듯했다. 나약한 인간이 매달릴 수 있는 절대자가 있다는 게 조금은 위안이 되었다. 불안하지만 그래도 살아 있다는 세뇌를 하니 끈을 잡은 듯 조금은 진정이 됐다.

"듣도 보도 못하던 축제 하러 간다고 하면 말렸어야지. 아직도 전화가 안 되는데 아무 일도 없다고?"

"다 큰 애를 어떻게 말려요? 이제껏 속 한번 썩인 일이 없는 애인데…."

"이게 속 썩이는 거지."

"기도나 하시고 차 천천히 몰아요."

"기도는 당신 주특기잖아." 동원이 버럭 소리를 질렀다.

평소에 흥분하지 않고 침착하게 상대방을 배려하는 동원인데 저 정도로 막 나가는 것을 보면 굉장히 불안한 상태라고 정현은 입을 꾹 다물었다.

침묵이 더 불안한 것 같아 정현은 라디오를 틀었다. 마침 생소한 핼러윈 데이에 대해 좌담하고 있다.

"핼러윈 데이가 뭔가요? 우리 학교 다닐 때는 들어보지도 못한 소리라서요."

"그때는 못 들어 봤는데 외국에서 상륙한 지가 오래됐나 봐요. 가톨릭의 성인 대축일 전날인 10월 31일을 영미권의 전통적인 기념일로 정해서 시월 마지막 밤을 귀신이나 주술 등의 신비주의와 연관시킨 게 기원이라나 봐요. 인신人身 제사를 지냈던 유럽의 고대 켈트족이 지켜온 이교 적 풍습에서 유래했대요. 핼러윈은 단순한 문화행사가 아니라 사탄을 찬양하는 행사라고 하는 게 맞는 것 같아요. 이날은 젊은이들이 드라큘라나 프랑켄슈타인, 미라 등 대중문화를 통해 잘 알려진 괴물 의상을 차려입고 밤새워 파티한답니다."

'아. 그래서 명훈이도 영석이랑 새벽부터 늙은 호박에 구멍을 뚫어 탈을 만들어 가져갔구나. 랜섬웨어에 정신이 나가서 생소한 것에 대해서는 호기심이 많은 나도 검색 한번 안 해보고 라디오를 통해서 핼러윈 데이를 알고….'

"밸런타인데이가 상업주의와 결탁해서 젊은이들에게 초콜릿 팔아먹으려는 상술이라더니 그와 다름없는 날이 아니라 더 한 날이구먼. 우리와는 아무 상관도 없는 국적 불명의 문화가 들어와서 젊은이들을 현혹하는 거 아냐? 이래서 대원

군이 쇄국을 썼을 거야. ”

동원이 더 열받았는지 라디오 스위치를 확 꺼버린다. 한참을 과속으로 달리더니 동원도 불안해서인지 다시 라디오를 튼다. 불안한 이 순간에 밀폐된 공간에서 부부가 할 수 있는 게 없다는 것이 새삼스레 슬프다.

동원이 속력을 내더니 습관처럼 라디오 채널을 다른 데로 돌린다. 핼러윈 데이 장소인 이태원의 지명에 관한 이야기가 나오고 있다.

“이태원이란 지명 자체가 참 아픈 사연이 많은 곳입니다. 이태원이란 이름의 한자가 세 번이나 바뀌었어요. 조선 초에는 오얏나무 李를 써서 이태원李泰院이라 했다고 해요. 임진왜란 때 가토 기요마사가 이태원에 주둔하면서 피난을 가지 못한 여자와 이태원 황학골에 있는 운정사의 비구니들을 겁탈하고 운정사를 불 질렀답니다. 가토 기요마사가 불국사도 불 질렀었지요. 이 비구니들과 여인들이 낳은 아이를 키울 보육원을 지어 정착하게 했습니다. 당시 왜병들의 피가 섞인 다른 민족의 태를 묻은 곳이란 뜻으로 이태원異胎圓이라 한자를 바꾸었답니다. 이후, 북벌을 준비하던 효종은 지명이 마음에 들지 않아 이곳을 배나무가 많은 곳이라는 뜻의 이태원梨泰院으로 고쳐 부르게 하여 오늘날까지 그렇게 부르고 있어요. 일제강점기엔 일본군 사령부가 머물렀고 6·25 이후에는 미군기지가 주둔하면서 기지촌이 되어 양공주를 생산했지요. 참, 사연 많고 한 많은 곳입니다. 지금도 저택과 허술한 집이 공존하는 독특한 경관을 연출하고 있습니다.”

“그래서 젊은 애들이 핼러윈 데이를 만들어 살풀이하는 건가? 이런 때 방송국은 할 말이 그리도 없어? 청취자 불안하게 저런 방송이나 하고 있고, 내가 시청료 내나 봐라. 그런 곳에 애를 가도록 내버려 둔 사람이 없나….”

동원이 식식대며 라디오에 말하는 건지 정현을 책망하는지 쉿소리가 나게 질러댄다.

“아니 그 애 나이가 몇인데 오고 가는 것을 당신 말이라고 듣겠어요?” 정현도 화가 나서 버럭 소리를 질렀다.

답답한 마음으로 안 하던 부부싸움까지 한 것이다.

연실 기도하면서 밖을 내다보니 곤지암 휴게소 가까이 왔다. 급하면 소변은 왜 그리 더 마려운 것인지. 화장실에서 나오려는데 스마트폰이 울렸다. 옷도 다 올리지 않은 채 자동으로 스마트폰을 귀에 대니 기다리던 명훈이 전화다.

"명훈아, 명훈이 맞지?"

"엄마, 전화를 왜 이렇게 많이 했어? 나 내일 바로 학교로 간다고 했잖아요."

"아니 명훈아, 지금 너 거기 어디야? 이태원에 압사 사고가 났다는데 전화를 왜 했냐니? 우리 아들 괜찮은 거지."

마침 옆으로 다가오던 동원이 전화기를 뺏어 들었다.

"무슨 사고가 났대요? 게임방에 들려서 핼러윈 데이 간다는 게 거기서 깜빡 잠이 들었어요."

"부모가 걱정하는 줄도 모르고 속 편한 소리 하고 있네. 자식이란 것들은 다⋯. 셋이 다 같이 있는 거야? 그런데 은율이는 왜 전화를 안 받아서 고모를 그렇게 몸달게 하니?"

"은율이 휴대전화 배터리가 다 되었는데 지금 바로 제 폰으로 전화하라 할게요."

"알았다. 별일 없으니 됐다. 우리가 안 가봐도 되겠지? 몸조심하고 쉬어라."

동원이 전화를 끊는다. 동원의 눈가에도 정현의 눈가에도 이슬방울이 맺혔다.

동원과 정현은 남들이 보는 줄도 모르고 얼싸안고 펄떡펄떡 뛰었다.

얼마나 애가 닳던 악몽 같은 밤이었나.

코카콜라 더글러스 태프트 전 회장은 하루의 소중함을 알고 싶으면 아이가 다섯 딸린 일용직 근로자에게 물어보라. 일을 할 수 있는 하루라는 시간이 얼마나 중요하냐고 했다는데 어제 같은 밤은 다시 겪고 싶지 않다.

"이제 배가 고프네. 별일 없으니 여기서 식사하고 집으로 돌아가지."

둘은 콩나물 해장국을 같이 시켰다. 밤을 새워서 입이 다 부르트고 혓바늘이 돋아 국물이 참 시원한데도 넘길 수가 없다. 그때 스마트폰이 울렸다. 고모였다.

"언니, 은율이와 통화했어요. 영석이가 게임방에 들렀다 가자고 해서 게임하다가 핼러윈 데이에 가지 못했대요. 저희끼리는 애써 만든 잭오랜턴을 써 보지도 못했다고 영석이를 구박했다는데 얼마나 다행인지. 게임이 애들을 살렸네요."

말하는 중에 울먹울먹 한다. 왜 아니 그러겠는가. 속도위
반해서 눈총 받으며 오빠보다 먼저 결혼했는데 두 번이나 유
산하고 4년 후에 명훈 보다 1년 후 태어난 아이가 은율이다.

고모가 전화를 끊더니 금세 또 스마트폰이 울렸다.

"언니, 오빠가 준 책에 사이몬튼 요법이라는 게 있었어요.
칼 사이몬튼 박사가 텍사스대학 종양 방사선과에 근무할 때
마인드 컨트롤을 통해 암 환자를 낫게 한 방법이래. 암 환자
에게 몸 안에서 암세포를 잡아먹는 상상을 하게 함으로써 암
세포를 없앴다는 이야기예요. 상상 훈련을 실천한 사람들의
평균 수명이 2배 이상 연장되었다네요. 좋은 생각을 하면 몸
에 좋은 화학물질이 생겨 건강에 좋은 영향을 끼친다고 하는
이론이지요. 언니도 많이 놀랐을 테니 청심환이라도 드시고
좋은 생각하시며 건강관리 잘하세요. 오빠도 이 사이몬튼 요
법 잊지 않게 전해주시고요."

"역시 동기간밖에 없어요. 내가 매일 영석이랑 어울리는
거 못마땅해했는데….

이태원으로 출발했다가 명훈이 전화 받고 곤지암에서 아
침 먹고 있어. 별일 없으니 먹고서 집으로 내려가려고. 아가

씨도 걱정 그만 하고 얼른 아침 식사해요."

아마 분명히 둘이 싸웠을거라 생각하고 지혜로운 고모가 중재 차 다시 한 전화했으리라는 생각이 들었다. 동원도 쑥스러웠는지

"해장국이 참 맛있네. 이래서 모든 게 마음먹기에 달렸다고 일체유심조라고 하나 봐. 잘못되었으면 지금 밥이 입으로 넘어가? 정말 아찔한 순간이었어. 다친 아이들이 많지 않아야 하는데…."

그제야 목소리 톤이 진정된 것 같았다.

정현은 전화를 받고 나서 삶이란 참 알 수 없다는 생각이 들었다. 게임 좋아하는 영석이와 어울려서 S대에 못 갔다고 그 애랑 어울리는 것을 얼마나 질색했는데 그 애 덕분에 살아났다니 참 인생이란 알 수가 없다.

오래간만에 둘이 부부싸움도 하고 묵언을 하다 보니 집에 도착했다. 별일 없다는 게 이렇게 고마운 줄을 한동안 잊고 살았다. 정현은 집에 들어서다 벽에 걸린 가족사진에 눈물이 왈칵 쏟아졌다.

정현은 그대로 쓰러져 잠들었다가 햇살이 얼굴로 쏟아져서야 일어났다. 악몽을 꾼 듯 지독한 밤이었다고 생각하며 텔레비전을 트니 이태원 사건이 일파만파가 되어 행방불명자와 상해를 입은 학생이 부지기수로 늘어나고 있었다. 차마 더 볼 수가 없어서 텔레비전을 꺼버렸다.

논어의 익자삼우益者三友, 손자삼우損者三友란 말을 정현이 기억하기에도 몇 번은 명훈에게 한 것 같다. 영석이가 편벽하게 게임에 빠져 너를 꼬드기니 영석이와 놀지 말라고 한 것이다. 영석이도 자기 집에서는 귀한 아들이고 손자일 텐데….

이런 일을 꿈에도 모르고 내 자식에 나쁜 영향 끼칠까 봐 거리를 두라 했으니 정현은 더 미안하고 목에 가시가 걸린 듯 양심에 걸린다.

S대가 뭐라고, 거기 나와서 노는 아이들도 많은데. 사실 영석이가 명훈이보다 키도 크고 허여멀끔한 것까지 미워하며 그 애를 속 빈 아이같이 봤으니. 참척의 아픔을 겪지 않게 한 영석이야말로 은인인데…. 정현은 이제야 그런 생각을 하는 자신이 참 이기적이고 이렇게까지 속물이었나 싶다. 정현은

네가 내 자식을 살렸다고 영석 앞에 무릎이라도 꿇으며 절하고 싶은 심정이다.

문자를 봤는지 일요일인데도 컴퓨터 기사가 방문했다. 정현은 명훈이 일로 정신이 없어서 컴퓨터 고장 난 것을 깡그리 잊고 있었다. 그래도 단골이라고 휴일에 기사가 방문해주니 너무 반가웠다. 기사가 이리저리 마우스를 가져가고 컴퓨터 본체와 연결된 선을 뺏다 끼웠다 한다.

정현은 그사이 안방에서 문갑을 열어보았다. 마침 비상금 칠십만 원이 있다. 자영이 하루 종일 랜섬웨어 고치고 백만 원 주고 복구했다는 생각이 났다. 너무 적은 것은 아닌가 생각하며 흰 봉투에 그것을 넣었다. 한 시간이 지났을까 싶었는데 기사가 다 되었으니 해보라고 한다.

이게 웬일인가. 랜섬웨어로 다 사라졌다고 한 자료가 그대로 살아 있었다. 놀라웠다. 고향 지인인 컴퓨터 사장이 가장 실력 있는 기사라며 직장 다닐 때부터 보내주던 기사였다.

아무리 실력이 출중해도 한 시간 만에 이렇게 말끔히 고칠 수가 있나? 어제 명훈이 무탈한 것만 해도 감사한 일인데, 컴퓨터까지 멀쩡하다니 내가 전생에 나라를 구했나? 정현은 뛸 듯이 기뻤다.

"감사합니다. 참 대단하세요. 랜섬웨어를 이렇게 빠른 시간에 깨끗하게 고쳐주시고…. 얼마 드리면 되죠?"

수리비가 얼마인지 물었다.

"사장님께서 별말씀 없으셨는데요. 그냥 놔두세요. 랜섬웨어는 아니고…."

"아니, 휴일에 한 시간도 더 애쓰셨는데 그냥 놔두라니요? 경우가 아니죠."

정현은 그의 말을 자세히 듣지도 않고 돌아가는 기사에게 억지로 봉투를 쥐여주었다.

명훈이 별일 없는 것만 해도 고마워서 다른 것은 포기하기로 했었다. 사람이 뒷간 갈 때 마음과 올 때 마음이 다르다고 하더니, 정현은 어제 접수 못 해 눈앞이 캄캄하던 순간이 선명히 떠올랐다.

'명훈을 이렇게 무탈하게 해주셨는데 그것까지 욕심내면 벌 받아. 아니야. 그것과 이것은 아무 연관도 없는 별개야….'

갈팡질팡하면서도 이스트 넣은 빵 반죽처럼 부푼 욕망이

정현의 손을 마우스 위로 이끌었다.

딩동. 접수되었습니다. 문자가 스마트폰에 찍혔다.

아, 지옥 같던 밤이 완전히 복구되었구나. 이제 내 사전에 지독한 밤은 없다. 모두 다 삭제다. 정현은 독립 만세라도 부르듯 두 손을 치켜들었다.

정현은 문학모임에 참석한 후 문우들과 차 마시는 시간을 가졌다. 한 문우가 그제 밤에 안랩이 문제를 일으켜 컴퓨터가 한참이나 작동이 안 되었다고 한다. 그 자리에 있던 다른 문우들도 자기도 그랬다고 맞장구를 쳤다. 이야기를 들어보니 그 시간에 컴퓨터를 켜고 있던 사람들이 다 겪은 것 같다.

"랜섬웨어가 아니고 안랩이 장애를 일으켰다고요?"

정현은 컴퓨터 기사가 나가며 랜섬웨어가 아니라고 하던 말이 이제야 인식되었다. 자신이 멀쩡한 헛똑똑이라는 생각이 다시 들면서 참으로 한심했다.

이걸 어쩌나. 랜섬웨어라는 확증편향 중으로 사양하는 손에 억지로 쥐여주었으니 인제 와서 달라고 할 수도 없고….

공자는 근심하지 않고 두려워하지 않으면 군자라 했는데

정현은 스스로 소인배임을 인정하지 않을 수가 없었다.

텔레비전에서 이태원 압사로 백 오십 팔명의 사상자가 발생했다며 앵커가 분통을 터트린다. 장난삼아 휘리릭 섞었다가 뽑아 든, 무장한 해골 형상의 메이저 아르카나 13번 카드가 불현듯 떠오른다.

반위

그가 떠났다. 아주 가버린 것은 아닐 테지만 근래 십오 년 동안 한 번도 없던 일이다.

사위가 저릿해지기 시작한다. 시나브로 어둠이 창밖의 풍경을 안개같이 잠식해 오더니 흔적도 없이 빛을 삼켜버렸다. 무엇인지 모를 찜찜함이 선우의 가슴에 어둠처럼 내린다.

시술한 지 아흐레가 지났으니, 어머니한테 가봐야지 했는데 넷째 석우한테서 전화가 왔다. 열흘 동안 꼭 가야 할 곳이 있단다.

'왜 하필 이때인가. 어머니 시술하시고 완전히 회복도 안 되었는데 어딜 가려고 하는지….'

아무리 물어도 꼭 가야 한다고만 하고 다녀와서 이야기한다고 한다. 어머니한테는 서울 동창회에서 여행을 가는데 중 책을 맡아 꼭 가야 한다고 했단다. 평소에 워낙 성실하고 오 랫동안 어머니를 모셔 왔기에 더 이상 뭐라고 할 수도 없었 다.

벌써 며칠이 흘렀다.

"오늘은 뭐 했니?" 하던 유달리 힘없는 어머니의 목소리가 전화로 전해졌다. 그 소리를 듣자 괜스레 불안하고 찜찜했 다. 선우가 직장에 다닐 때는 불편하신 데 없냐고 전화하면 어머니는 씩씩하게 말씀하셨다.

"너희들이 이렇게 걱정해 주는데 어디가 아파. 다 포시러 운 여자들이 하는 소리지. 나 같은 무수리가 아플 새가 어디 있어"라고 말씀하셨다. 어머니는 자기 자신을 왜 그렇게 비 하하나 싶으면서도 건강이 여전히 좋아 보여 적이 안심되곤 했다.

선우는 퇴직하고 집에 있으면 시간에 제약받지 않을 줄 알 았다. 어머니도 그렇게 생각하는지 매번 오늘 뭐 했느냐고 묻는다. 그러면 조금 찔려서 목욕을 언제 시켜 드렸는지. 용돈 드릴 때는 안 되었는지 챙겨 보는 것이다.

막상 퇴직하고 나니 발 달린 짐승이라 그렇지는 않았다. 친척과 주변의 애경사에 당연히 참석해야 한다. 큰딸로서 자주 못 하던 안부 전화라도 몇 군데 하다 보면 시간이 꽤 많이 지나간다. 하던 운동과 봉사도 해야 하니, 보고 싶은 책과 글 쓰는 데만 올인할 수 없었다. 다만 혼자만의 시간을 많이 가질 수 있음이 그래도 좋았다.

셋째 남동생의 전화를 받고 나서 그 찜찜하던 마음의 정체가 밝혀졌다. 어머니가 요즈음 며칠 허리가 아파서 식사를 거의 못 하고 병원에 갔더니 허리를 시술하라고 했단다.

그래서 그렇게 목소리에 힘이 없으신 것을, 누워서 전화를 받아서 그렇다는 말에 감쪽같이 속아 그런 줄 알았다. 늙으면 엄살이 더 심해진다는데 어머니는 지아비 여의고 여장부같이 8남매를 키우며 사서서 그런지, 자식 걱정한다고 여간해서 아픈 티를 내지 않았다. 하긴 원체 강건하시다는 말이 맞을지도 모른다.

'그래도 그렇지. 한두 번 통화한 것도 아닌데 큰딸이 목

소리로 감지하지 못하고 다른 전화를 받고 상황을 파악하다니….'

선우는 자신에 대해서 화가 났다.

"아니 서울 큰 병원으로 가야지, 면역력 다 떨어진 노인이 제천의 작은 병원에서 괜찮겠어?"

"그래서 석우도 누나 걱정한다고 전화하지 말라고 했는데 누나 서운하다고 할까 봐 내가 전화한 거야. 엄마가 극세사 이불이 가벼워서 좋다고 하니까 석우가 사다 드렸는데 밤에 화장실 가시다가 미끄러지셨대."

'아무리 위험 부담이 없어도 그렇지, 그래도 수술인데….'
선우는 모시고 사는 넷째 남동생 석우한테 직접 전화를 걸었다.

"누나 걱정한다고 말하지 말라 했는데 형이 전화했나 보네. 허리에 일종의 시멘트 콘크리트를 하는 거래. 위험은 없고 시술 다음 날 퇴원할 정도로 금방 괜찮대. 여기서 많이 했다는데."

"그래도 수술인데 왜 위험부담이 없겠어? 매형도 서울로 가자고 하니 그러자."

"큰누나. 수술이 아니고 시술이야. 벌써 입원했고 내일 아침 첫 번째 시술이야."

"응. 시술이야? 나는 수술인 줄 알고 식겁을 했네." 일단 알았다고 전화를 끊었다.

'인간은 원래 자기가 듣고 싶은 것만 듣는다더니 나도 다름없네. 아니면 엄마 목소리로 감지를 못한 것에 대한 일종의 방어기제였나?'

선우는 엄마가 입원하셨다니 엄마가 좋아하시는 곶감, 과일, 그리고 어머니 드리려고 따로 두었던 이것저것을 찾아내며 남편 석성 씨를 독촉한다.

차 안에서 뛰는 기분으로 밤길을 달려갔다. 어머니는 환자복을 입었는데도 생각보다 편안해 보이셨다. 대신 평소의 강건한 모습대로 허리 아파서 죽느냐고 집에 가자고 아이처럼 보챈다.

이튿날 한 시간이 안 걸려 무사히 시술이 끝났다. 그런데 넷째 남동생 석우가 보이질 않는다. 우리가 다 왔으니 교대를 한 것인가 보다고 그냥 편하게 생각했는데 건강 검진받으러 갔단다. 평소에 시간 날 때 해보라고는 했지만, 오늘 할 일은 아닌 것 같은데….

병원에서는 허리 시술한 데 좋다고 고가의 의료 기구를 떠안기다시피 해서 샀다는데 어머니는 한 번도 사용하지 않으신다고 한다. 노인이라도 원래 본인 의사에 반하는 행동은 절대 하지 않는 분인 줄 알면서도 헛돈 쓴 것 같아 아무리 말씀을 드려도 미동도 안 한다. 하긴 그런 강단이었으니 빈손으로 8남매를 배 안 곯리고 키우셨겠지.

돌아오다가 선우는 기다리던 전화를 받았다. 신문에 응모한 소설이 당선된 것이다. 손뼉을 치며 좋아해야 할 판인데 신은 꼭 이렇게 씨줄 날줄같이 희비를 엮어놓고 차례로 보여주시는지 야속한 마음이 든다.

집으로 돌아온 선우는 날마다 오전 오후로 전화했다. 여전히 허리 보조 기구는 전혀 사용치 않고 누워만 계신단다. 식사는 그래도 거르지 않고 일정하게 하신다니 다행이지 싶었다.

선우 어머니 김재선 여사는 허망하게 지아비를 먼저 보내고 쉰여섯 살에 팔 남매를 떠안았다. 열여섯 개의 눈동자가 빤히 자기만 쳐다보는데 숨이 멎을 지경이었단다. 막내가 열 살이었다.

그 시절 국민소득이 낮았으니, 지금에 댈 바는 아니었으나 그런대로 윤택하게 살았다. 김재선 여사는 없는 집에 시집 와서 8남매를 낳았다. 자식들 임신할 때마다 한약방을 하는 남편이 지어준 불수산 덕인지 일을 하다가, 자다가도 술술 순산하였다. 그러면서 샌님 같은 남편이 못하는 밭일을 여장부 같이 억척스럽게 몇 몫을 다 해냈다.

하루는 밭에 나가는데 매지구름이 보여서, 혹시 비가 올라 치면 멍석에 널은 고추 좀 들여놓아 달라고 남편한테 신신당 부했다. 한참 일하다 보니 소낙비가 쏟아져서 뛰어왔더니 그 비에 거의 마른 빨간 고추가 벌써 다 쓸려 내려가고 있는데도 남편은 모르고 있었다. 김재선 여사는 먼저 간 남편이 야속 해서인지 이 이야기를 선우한테 몇 번 하신 듯하다.

위로 딸을 내리 셋이나 낳아 시앗을 본다는 소리까지 들었 다. 세 번째 딸을 낳고 실제로 시앗이 잠깐 들어왔다고 한다. 세숫물까지 떠다 바쳤더니 제풀에 나갔다나? 그 강골 성질에 그런 처세를 했다니 내 어머니지만 참 대단하시다는 생각을 선우는 종종 한다. 그래도 밑으로 아들 다섯을 내리 나아서 안방마님의 자리를 보존할 수 있었다고 한다.

늘 선비 같던 남편이 친구의 보증을 잘못 서주어 빨간딱지가 붙고 화병으로 몸져 눕더니 먹는 것은 다 토해버렸다. 한약방은 자연히 폐업되었다. 그때 선우가 고2이었을 것이다. 선우는 대학을 포기하고 3학년 올라와서 공무원 시험을 보고 평생 동생들 뒷바라지하며 살겠다고 결심했다. 공부를 잘해 첫 시험에 수석 합격했으나 직장 생활 5년 차에 콩깍지가 씌어 결혼했다. 첫아이를 출산하고 둘째를 임신했을 때였다. 검불 같던 아버지가 맥을 짚더니 둘째는 아들이라고 했다. 그 손자 얼굴도 못 보고 마른 사그랑이 부서지듯 그렇게 맥없이 돌아가실 줄이야….

지금 생각하니 화병의 여파로 신경성 반위가 되어 돌아가셨다. 지금은 위암이라고 하지만 한의학에서는 반위라고 지칭해 왔으니.

위로 딸 셋이 그렇게 출가하고 김재선 여사는 직장에 다니는 장남을 의지하고 사셨다. 그런데 청천벽력같이 그 아들이 세상을 하직했다. 참척의 아픔에 처음으로 몸져누웠다.

석우도 큰형이 갑자기 타계했을 때 서울서 바로 내려왔다. 굴지의 증권회사에서 신임받던 그가 장례식장에서 손님 대접하며 궂은일을 하다가 저희 누나들과 형들이 하는 소리를 들었나 보다.

장녀인 선우가 이제 청주로 가시자는 말에 어머니 김재선 여사가

"왜 내 집 놔두고 딸네 집에 가니. 내가 아들이 없냐?"라고 한 것이 시초가 되었다. 둘째 아들과 셋째 아들이 서로 자기가 모시겠다고 했는데 이 소리를 들은 며느리들이 식식댔다. 자기들 의견은 들어 보지도 않고 그럴 수가 있느냐고 화를 냈다.

선우로서는 당황스럽고 부끄러운 일이었다. 걱정되어 어머니를 모시려고 한 것이 외려 일을 그르치게 되고 남 보기에도 민망하게 된 것이다. 지금 생각해도 경솔했다. 원래 큰소리하지 않는 남편이지만 입장이 곤란해서인지 입을 다물고 있는데 그 보기도 참으로 민망하였다.

그때 석우는 직장 생활 십 년쯤 되었는데 미혼이었다. 어머니께 걱정하지 말라더니 당장 서울 생활을 청산하고 집으로 내려왔다. 배운 기술이 있으니 데이 트레이딩을 하면 밥값은 한다고 내려온 것이 벌써 십오 년 전이다.

아버지가 그렇게 일찍 돌아가셔서 어렵다 보니 형제들이 많이 못 배웠는데 석우는 공부를 잘해서 서울 s대 경영학과를 졸업하고 동 대학원까지 마쳤다. 직장도 그만하면 탄탄해서 퇴직하기엔 너무 아까운 직장이었다.

아버지를 그대로 닮아서인지 총명하고 성격이 온순 착실해서 남이 걱정할 일은 형제간에도 이야길 하지 않으니 지금도 어디를 갔는지 정확히 모른다. 아르바이트도 열심히 했지만, 형제들이 학자금 도와준 것에 부담을 느껴 사표 내고 어머니를 모시다가 사라진 것인지….

그때 직장에 무슨 일이 있었는지 세세한 이야기는 하질 않고 다만 자기는 직장 생활 체질이 아니라고 말했을 뿐이다. 일을 하다 보면 식사 시간을 제대로 못 챙기니 건강을 챙길 수 없고, 자기는 기질이 굉장히 여리고 그릇이 작아서 사회생활보다 절의 스님같이 살 팔자라고 했다. 형제 중 제일 많이 배운 대표주자가 야망도 없이 건강부터 챙기나 싶어 선우는 안타까운 생각이 들었다. 총명함은 아버지 유전자를 닮고 강인한 것은 어머니를 닮았으면 좋았으련만 못 된 것만 닮는다더니….

선우는 어머니가 걱정되어 수시로 전화했으나 수족같이 모시던 동생이 없으니, 화롯가에 아이를 내놓은 듯 불안하다. 전화를 받고 쫓아갔더니 석우는 벌써 떠나고 가까이 있는 셋째 아들 며느리와 식사했다고 한다. 식사는 됐는데 목욕은 큰딸하고만 하니 다른 자식이 대신할 수 없는 선우의 일이다

땀이 나지 않는 겨울이지만 깔끔하신 분을 목욕시켜 드리지 못한 게 제일 걸렸다. 그런데 어머니의 등 시술 자리에 아직 반창고가 붙어 있다. 퇴원한 지 오래되지 않았으나 시술이니 목욕은 할 수 있으리라고 생각한 게 오판이었다는 생각이 들었다. 석우가 전화는 안 될 거라고 했는데도 시술 부위에 반창고 떼고 목욕해도 되는지 습관적으로 전화했다. 여러 번 했으나 받지 않는다. 토요일이어서 주치의한테 알아볼 수

도 없었다. 꿈꿈하더라도 덧나지 않게 더 있다가 목욕을 시
켜드리는 수밖에 없다는 생각이 들었다.

어머니는 대수롭지 않게 석우가 동창들하고 여행 갔으니,
전화를 받지 않을 거라고만 하신다. 좋은 시절을 엄마한테
매여서 휴일에 등산 다니는 것 말고는 해외여행을 못 했으니
그럴 수 있겠다는 생각이 들었다. 그러면서도 이해가 잘 안
되고 똬리 튼 뱀이 머리를 쳐들 듯 서운함이 사악하게 고개를
쳐들었다.

'머리 검은 짐승은 거두는 게 아니고 인간은 뒷간 갈 때와
올 때가 다르다'라는 옛말이 있지만 설마 석우가….

집에 오는 사이에도 전화기가 계속 울린다. 둘째 여동생의
전화다.

"언니, 석우한테 여자가 있었나 봐. 하긴 하나도 이상할 게
없지. 남녀 칠 세 자동석이라는 시대에 이제껏 금욕적으로
잘 참고 살았지. 이제 좀 지나면 오십이니, 마음이 급해졌겠
지. 그 애 결혼하면 다른 올케들처럼 따로 살겠다고 할 거야.
내가 거기 가서 엄마 밥해주고 살려고 지금 가는 길이야."

선우가 유산이랄 것도 없는 것을 어머니 살아 계실 때 정

리하려고 한 것에 이 동생도 한몫했다. 제 말대로 매일 언니만 편애해서 지금도 자기가 이렇게 산다고 푸념하곤 했다. 실제로 세 번째도 딸인 그 애를 낳고 시앗을 들였다고 한다. 어려서부터 병약해서 홧김에 죽으라고 밀어 놓은 적도 있다고 김재선 여사 본인의 입으로 직접 말씀하신 적이 있다. 맏이로서 모든 동생이 걸리지만 선우는 그래서 이 동생한테 제일 부채감을 가지고 있다. 어려울 때마다 단골집에 외상 달듯 빌려 달라고 하면 선우가 못 써도 여러 번 도와줬는데 이후론 그만이다. 그래서 다음부터는 받을 생각 없이 줄 수 있는 만큼만 주곤 했다. 그러다 보니 지난번에는 제부가 입원해서 문병하러 갔었는데 퇴원했다며 단박에 쫓아 왔다. 언니 집을 담보로 사업자금을 대출받아 달라고 하는 것이다. 아무리 형제라도 그것은 안 될 일이다. 선친이 보증을 서준 바람에 명대로 못 사시고 어머니와 자식들이 이렇게 고생했는데 내 자식들에게 그 전철을 그대로 물려줄 수 없는 일이다. 선우는 남편 석성 씨한테 의논할 것도 없이 그 자리에서 안 된다고 단칼로 자르듯 거절했다. 여동생도 선친의 일을 아는지라 더는 조르지 않았지만 선우 스스로 마음이 참 좋지 않았다. 췌장암은 완치가 어렵다고 하더니 제부는 얼마 지나지 않아 그 길로 세상을 떠났다.

선우에게 두 가지 마음이 아프게 교차했다. 돈을 빌려주지 않아서 그렇게 된 것만 같았다. 매일 큰 언니만 편애하고 자기를 구박해서 자기가 요 모양 요 꼴로 산다고 버릇처럼 말해왔는데 또 그 잣대로 생각할 것은 아닌지….

'아니야. 췌장암인데 우리 집을 담보로 빌려주었더라면 밑빠진 독에 물을 부은 격이라 우리 가족은 거리로 나앉았을 거야. 잘한 일이야.' 하면서도 선우는 마음이 아팠다. 실패하는 사람은 매번 성공하는 선택을 놔두고 실패하는 쪽을 선택하기 때문에 실패한다고 하더니 그 애는 꼭 안 되는 쪽으로 되곤 했다.

유산이랄 것도 없지만 어머니가 연세도 있고 하니, 지금 살고 있는 집과 텃밭을 모시고 있는 아들한테 주자고 선우가 운을 뗐다. 김재선 여사는 워낙 대가 세어서 남편 살아생전 참나무 작대기 같다는 소리를 듣곤 했다. 그래도 이제까지 큰 딸 말이라면 다 호응해서 당연히 그러자고 할 줄 알았다. 그런데 생각지도 못한 역정을 괜스레 내셨다.

"내가 오늘내일 죽는다더냐? 경로당에서 그러는 데 죽을 때까지 가지고 있어야 한다더라."

"아니, 어머니는 강건하시니 백수 더 하실 거예요. 지금 법은 따로 유언하지 않으면 n분의 1입니다. 다 똑같이 쪼개 주는 것이지요. 형제가 일곱이나 되니 혹시 누가 법대로 n분의 1 요구하면 유류분이라는 게 있어서 이 집이 다 날아가는 거 잖아요. 집이라도 있어야 형제들이 같이 모이고 제사를 지내죠"라고 하고 말았다. 당신이 싫다는데 어쩔 도리가 없는 일이다. 다른 생각이 있어서 그러시는가 생각해서 다시 여쭤보니 죽은 뒤에는 분명히 석우 몫으로 주겠다고 한다. 가지면 더 가지려는 것이 인간이고 돈 싫다는 사람 없는데 싫어 선우는 은근히 걱정되었다. 그래서 상속에 대해 관심을 두고 보았더니 청주 신문에 유산에 대해서 난 것이 눈에 띄었다. 공증을 안 해도 스마트 폰에 녹음해 놓으면 된다고 한다. 상속자 말고 다른 두 사람의 형제가 찬성하고 상속할 자가 그러겠다고 하면 된단다. 다만 상속자, 일시, 주소가 분명하게 녹음되어야 한다고 해서 망설였다. 어머니가 아무리 치매 끼가 없다고 해도 그 방법은 좀 자신이 없었다. 어떻게 되겠지 미루고 있는데 선우 남편 석성 씨가 더 걱정하며 독촉했다.

장모님이 사후에 석우 처남한테 준다고 하셨으면 그것을 공증해 놓으란다. 하긴 큰 처남 잘못되고 장례식장에서 그 민망한 현장을 목도했으니, 맏사위로서 왜 걱정이 되지 않겠는가. 그래서 저번에 갔을 때 석우한테 방법을 알아보라고 했다.

"다른 형제들이 뭐라 하지 않을까? 건강하기만 하면 되지. 나는 집에 욕심 하나도 없는데…."

"나중에 네가 살 집도 있어야 하고 그래야 형제들이 모여서 부모님 제사도 지내지. 시골집 팔아서 n분의 1 해봐야 그까짓 것 얼마 되겠어? 매형이 독촉하니 그렇게 해."

그랬는데 얼마 지나지 않아 어머니가 가자고 해서 친구 두 명 데리고 가 공증했단다. 어머니가 딴소리하지 않고 선뜻 주도하셨으니 역시 김재선 여사답다는 생각이 들었다. 말씀은 안 하셨지만, 혹시 밑의 막내가 걸려서 그러나 하고 추측했는데 그제야 선우는 어머니한테 잘하셨다 하고 조금은 마음이 가벼워졌다. 선우는 김재선 여사 사후에 모시고 있는 넷째 석우한테 주기로 공증했다는 소리를 다른 형제들한테 일절 하지 말라고 단단히 못을 박았다. 그랬던 것이 몸도 회복되지 않은 어머니를 놔두고 해외여행을 갔다 싶으니, 심사가 많이 뒤틀린 것이다.

남편 석성 씨는 선우가 타인에 대해 '이럴 것이다'라고 하면 직접 보지 않았으니, 팩트만 말하라고 해서 가끔은 동조하지 않는 그가 서운할 때가 있었다. 그러나 그게 친정 이야기일 때는 다르다. 상대방이 서로 자기의 본가를 좋지 않게 말해서 이혼에 이르는 부부도 있기 때문이다. 그래서 인성이 반듯한 석성 씨의 별명이 도덕 교과서인데 그런 석성 씨도 이번만큼은

"석우 처남이 저러면 이야기가 달라지는데…"라고 걱정한다.

김재선 여사 목욕은 뒤로 미루고 점심을 먹는데

"석우도 인제 이렇게 사는 게 지겨운가 봐"라고 선우가 말해도 인근에 사는 셋째 남동생이

"석우가 그럴 사람이야? 다 변해도 석우는 그러지 않아. 이 형들보다 낫지"라고 해서 선우는 좀 어안이 벙벙했다. 눈

코 뜰 새 없이 바쁜 억척이 둘째 올케도 종종 시간을 내서 별미를 해 온단다. 참 기특하다는 생각이 들었다. 자기 주관이 확실한 김재선 여사도 몸이 불편한데 수발을 들어주는 석우가 없는데도 별말씀이 없는 게 이상하다. 별일이 다 있다고 하면서도 선우는 좋은 현상이라고 생각하고 가벼운 마음이 되었다.

이 생각 저 생각하다 보니 벌써 집에 도착했다. 석우가 어디 아픈 적이 없었고 어머니한테 동창회 일이라고 했다지만 서울에 잘나가는 친구들도 많다. 그대로 믿을 수 없다. 아무리 혼자 살 팔자라 해도 남자가 여자 좋아하는 게 하나도 이상할 게 없지 않은가? 라는 생각뿐이다.

요즈음 젊은 사람들은 자기들끼리 살려고 하는데 지금 공중도 끝난 상태에 어머니를 어떻게 할지. 우리 집에 오시라고 하면 또 지난번처럼 내가 아들이 없냐고 대뜸 역정을 내실 텐데….

선우는 맏이로서 이 걱정 저 걱정하다가 거의 뜬 눈으로 잠을 설쳤다. 습관대로 제시간에 아침밥을 지었는데 밥이 지나치게 질은 데도 까끌까끌하다. 이번에는 바로 밑의 여동생이 전화했다. 자기네는 별러서 보름 동안 호주를 다녀오느라고 어머니한테 못 가봤다고.

그 동생은 어려서부터 복이 많다고 했는데 열심히 노력해서 그런지 남 부러운 것 없이 잘 살아 부부가 골프도 치고 1년에 한두 번은 해외여행을 꼭 다녀오곤 한다. 그런데도 사람의 욕심은 끝이 없는가 보다. 여행 가서 들었다며 요즈음은 다 n분의 1 한다고 뜬금없이 이야기한다.

"애, 그까짓 것 나눠봐야 얼마 안 돌아갈 텐데, 부자가 왜 그런데 신경을 써. 석우가 십오 년 모셨으니 석우 앞으로 하는 게 맞아. 그래야 우리가 모일 수 있고 제사도 지내지. 너는 살 만하니 그런데 신경 쓰지 마. 그런 줄 알아"라고 선우는 솔직하게 심증을 터놓으며 동조를 강요했다.

맏이가 잘못되었으면 대개 둘째 아들이 맏이 노릇을 하는데 둘째 네가 발길이 뜸한 게, 다 이 집 때문이란다. 장남이 그렇게 갑자기 가고 나서 둘째와 셋째 아들이 서로 모신다고 한 것을 며느리들이 상의 안 하고 그런 소리 한다고 펄쩍 뛴

것이다. 결국에는 김재선 여사도 알게 되어서 석우가 희생양
이 되어버렸다.

얼마 후 저희가 필요하니 들어와 어머니 모시고 살겠다고
했단다. 이번에는 김재선 여사가 펄쩍 뛰며 넷째 아들하고
잘 사니 너희들 필요 없다고 대차게 반대한 것이다.

둘째 아들보다 열 살이나 적은 며느리가 어떻게 대들었는
지 어머니는 천만 원을 해주며 이제 보고 싶지 않으니 그러려
면 이 집 출입하지 말라 했다고 한다.

선우는 이런 소리를 전해 들으며 참으로 마음이 아프다.
유학을 숭상하던 선친이 살아 계시면 양반집에 언감생심 어
찌 이런 소리가 날 수 있을 것인지.

선우는 돈이 있으면 그냥 한 덩이씩 안겨 주고 싶다. 하지
만 한둘도 아니고 동생이 여섯이나 되는데 복권이 당첨된 것
도 아니고….

석우가 가고 열흘이 지났으니 어머니 건강을 여쭈면서 석
우 안부를 물었다. 석우가 지금 막 도착했다며 전화를 받는
데 또 다녀온 곳을 함구한다.

"여자 친구랑 해외여행 갔었어?"

"아니, 때가 되면 내가 큰누나한테 다 이야기할게."

"궁금해 죽겠네. 언제?"

"내가 언제 큰누나한테 거짓말하는 것 봤어? 지금은 아니야."

그러니까 선우는 더 궁금해지면서 내가 이 동생한테 이 정도밖에 되지 않는 누나였나 싶어 살짝 서운해진다. 바로 밑의 동생도 전화하더니

"언니, 석우가 아무 말도 안 하는 게 어째 이상해. 순한 사람 화나면 더 무섭고 성실한 사람이 획가닥 하면 대형 사고를 친다는데 무슨 사달이 난 것 같아. 언니한테도 아무 말 안 하지? 그 애 주식 크게 하다가 다 들어먹은 것 아니야?" 하더니 선우 보고 쫓아가 보란다. 자기는 바쁘다고.

전화가 끝나자마자 선우 큰 올케가 또 전화했다.

"형님, 그거 보세요. 우리가 들어가 산다고 하니까 어머니가 그렇게 반대하시더니 석우 도련님이 무슨 꿍꿍이속이 있어서 어머니를 조종하고 앞세워 반대했던 거예요. 이제 어떻게 하실 거예요?"

"아니 올케 뭐라고 했어? 석우는 열흘씩 어디 좀 다녀오면

안 돼? 네발 달린 짐승이 어딘들 못가. 매일 연로하신 어머니 수족 노릇만 해야겠어? 어머니 당신도 아무 말씀 안 하시잖아. 작은 올케는 매일 특식 해다 드렸다는데 올케는 직장 다녀도 그렇지. 아이들 가르치는 사람이?" 큰 남동생이 그렇게 되었으니 둘째 아들의 아내인 자기가 큰 며느리인데 참 야속하다. 나이 차이도 크게 나서 시누이 노릇 안 하려고 했는데….

전화가 끝나자마자 또 전화가 울린다. 이번엔 둘째 여동생 전화다.

"석우가 큰 언니한테는 이야기했지? 결혼해서 나가 살라고 해. 내가 이 집에서 어머니 모시고 살게. 걔가 주식 잘하는데, 돈 좀 모아 놓았겠지. 돈 없는데 여자 친구하고 해외 갔겠어? 젊은 애들이 이런 오래된 집에서 살려고? 작아도 편리한 아파트를 좋아하잖아. 큰 언니가 꼭 그렇게 해야 한다고 그래. 언니 알았지?"

"뭐? 언제 결혼해서 나간다고 해? 김칫국부터 마시지 마라. 아직 정확히 어디 다녀왔는지 알지도 못하면서…."

집 전화만 있을 때는 안 받으면 집에 없나 보다 하고 서로

편했는데 이놈의 스마트 폰이 생긴 후로는 편리한 것도 많지만 보통 귀찮은 게 아니다. 안 보고 모르면 괜찮은데 이루 시루 다 아는 게 병이다. 일체유심조니, 평정심으로 있으려 해도 사방에서 전화로 명경지수에 돌을 던져 다시 흙탕물을 만들어 놓는 것이다.

막내 남동생 부부와 셋째 남동생 네 서만 전화가 없다. 막내 남동생이야 새로 사업 시작할 때 좀 도와주며

"그 집은 모시는 석우 형한테 줄 거니까 그런 줄 알아. 그것 n분의 1 해도 지금 너 주는 것 반도 안 되니까. 알았지?" 하고 못을 박으며 다독이고 사업하느라 바빠서 그럴 테지만 둘째 올케가 전화 안 하는 게 이상하다.

'이제 살만하니 마음이 바뀌었나? 매일 어머니한테 별미를 만들어다 드렸다더니 전화로 공치사도 하지 않고….'

'전화를 받다 보니 다 생각하는 게 석우한테 여자가 생겨 해외여행 다녀왔다는 것인데 그 대형 사고 쳤다는 것은 또 무엇인지. 하긴 주식은 귀신도 모른다는데 또 선친같이 친구 믿고 막장에 다다른 것은 아니겠지. 아버지로 인해서 다들 고생하며 컸는데 설마 보증이야 안 서 줬겠지. 그리고 지금

은 보증을 서도 그전같이 그렇게 하지는 않는다니까….

선우는 머리가 복잡하다. 그런 복잡한 심사를 말했더니 남편 석성 씨는 무슨 걱정이냐고 한마디로 일축한다. 일어났어도 벌써 다 일어난 일이고 며칠 있으면 추석인데 그때 보면 알게 될 테지, 왜 미리 걱정하냐고 한다. 그 말을 들으니 선우는 마음이 조금 진정이 되고 가라앉는다.

세상에 태어나서 가장 중요한 선택이 배우자, 직업, 가치관의 선택이라고 한다. 남편 석성 씨는 아들만 형제인 집의 둘째이자 막내라 동생이 하나도 없는데, 처제나 처남이 많아 신경을 쓰게 해도 부처 가운데 도막같이 다 포용한다. 선우는 그래서 자신의 선택에 위로를 받는다.

선우의 시댁은 부모님이 일찍 돌아가신 데다 형만 한 분 계셔서 별로 신경 쓸게 없다. 직장 다닐 때 조카나 질부들이 예뻐서 주던 세뱃돈을 퇴직했다고 줄이지 않는 것도 크게 걱정할 게 없어서다. 그래서 조금 부담이 되지만 그 페이스는 유지한다. 시댁 성묘를 하는데 전화벨이 수시로 울린다. 동생들이 벌써 다 모였나 보다.

활짝 열어 놓은 대문을 들어서니 예쁘게 가꿔 놓은 색색의 꽃들이 먼저 반긴다. 어머니 젊었을 때야 당연히 당신 일이었지만 지금은 석우 일인데 이렇게 잘 키워 놓은 것을 보니 올케 될 사람이 집에도 왔다 갔나 선우는 추측한다. 와자지껄하는 소리에 음식 냄새가 섞여서 선우의 친정집은 완전히 잔칫집 분위기다. 제일 궁금한 석우만 보이지 않는다. 다들 그를 안주로 술상이 벌어졌다. 둘째 여동생은

"석우 결혼해서 나가면 예쁜 셋째 딸이 엄마 모시고 살게요"라고 애교를 부린다.

"형님, 어림도 없는 소리 하지 마세요. 우리가 들어와서 어머님 모시고 살겠다고 해도 어머님이 필요한 돈 해주시고 거절하셨는데, 어머니가 아들 놔두고 딸한테 밥 얻어 잡수시겠어요?"라고 큰 올케가 부정한다.

"무슨 소리? 올케가 큰 애 장례식장에서 상의도 안 하고 아들들 마음대로 어머니 모시냐고 한 것을 어머니도 아신 게야. 나라도 그런 소리 들었으면 싫다고 하겠다. 우리 엄마가 얼마나 대단한 양반인데…."

"막내 누나, 왜 술맛 떨어지게 그런 소리를 해? 그냥 술이

222

나 마시자고. 우리 어머니는 백수 하실 거야"라고 하며 막내 남동생이 술을 따라 준다.

그때 평소 같지 않게 한마디도 않던 셋째 남동생이

"이제 큰 누나도 왔으니 다들 주목하고 내 말 좀 들어."

라고 하며 손뼉을 친다.

"우선 지금부터 내가 하는 이야기를 다들 석우한테 비밀로 한다는 약속을 해야 해. 그렇지 않으면 말을 못 하니까."

"무슨 말을 하려고 그렇게 뜸을 들이며 서론이 길어?"

"석우가 없으니 하는 말인데 그 애가 절대로 이야기하지 말라 했어. 그래서 나도 참느라고 입이 근질근질해 죽을 뻔 했다고."

"사실 다들 석우가 여자 친구와 해외 갔다가 온 줄 아는데 병원에 있었어. 나한테도 갈 때 말 안 하고 어머니한테도 동 창들하고 어디 다녀온다고 해서 그런 줄 알았어. 그런데 엄 마가 찾으시는 게 없어서 전화했더니 애가 전화를 받는데 옆 에서

"고객님, 입원 수속은 다 하셨어요? 하는 소리가 들리는 거 야. 대뜸 내가 이상하다 싶어서 거기 어디냐고 했더니 말을

안 하더라고. 그런데 옆에서 또 세브란스 병원까지 찾아오느라고 고생했다는 소리가 들리는 거야. 그래서 내가 당장 전화를 끊은 다음 엄마 모시고 세브란스 병원을 찾아갔지. 엄마는 차에 계시라 하고 올라갔더니 위암 초기라 수술 날짜를 받아 놨더라고. 참 내 동생이지만 무섭더라. 그 지경인데도 표정 하나 안 바꾸고 절대 집에 이야기하지 말라 하면서 소문내면 형하고 절연한다고 해서 말을 못 한 거야. 진짜 비밀을 지키려고 했는데 지금 말을 하는 것은 다들 여자 있어서 결혼한다고 억측하니 이제 이야기를 하는 거지. 어머니 시술하던 날 예약이 되어 있어 건강 검진했는데 열흘 후에 수술이 잡혀 있었대. 다행히 위암 초기라서. 그날 왜 우리가 석우 안 보인다고 막 찾았잖아. 형이 되어서 내가 얼마나 미안했던지. 우리 어머니가 보통이야? 그 비위 맞추며 살다 보니 고기도 잘 안 먹는 채식주의자가 그렇게 된 것 같아"라고 한다. 어머니는 듣기 거북했는지 슬그머니 경로당 간다며 자리를 뜨신다.

선우는 눈물이 물꼬를 터놓은 듯 주책없이 막 쏟아진다.

'세상에. 그런 것을 괜스레 억측만 하고. 여자가 있네. 대형 사고를 쳤을지도 모르네 하며 동생들 말에 동조했는지.

왜 하필 어머니 시술하고 회복도 되지 않았는데 떠났다고 야속하게만 생각했는지, 평소 건강해도 병원에 갔다는 생각을 왜 못했을까. 내가 건강검진 한번 해보라고 했으면서….'

선우는 자책이 많이 되고 맏이로서 동생들 보기가 면목이 없다.

'소설을 쓴다는 사람이 그런 상상력도 없이 도대체 무슨 글을 쓴다는 것인지.'

"큰누나, 그만 울어. 술잔이 눈물로 가득 차겠네"라고 화장지를 뽑아주며 막내가 위로한다.

"나는 석우가 아픈 적이 한 번도 없어서 병원 갔다는 생각을 미처 못 했어. 미안하다. 여러 형제 중 모든 것 포기하고 선뜻 어머니 모신 그 애가 위암이라니. 아버지도 너무 하시지. 유산을 물려주시려면 좋은 것을 물려주셨어야지…. 하필 본인의 취약 지구 반위를 물려주시다니. 하긴 내가 지금 조상 탓을 하는 건가."

"큰누나, 그렇게 걱정 안 해도 돼. 아주 초기라서 습생만 잘하면 완치된대"라고 셋째 남동생이 위로한다. 선우는 마음이 아프고 딸은 아무 소용이 없다는 자책이 든다.

'그래서 셋째 남동생이 병원 가서 보고 온 이후로 아무 소리 않은 것을 참 눈치도 없다. 어머니 별식을 해 드린 것을 나이 드니 이제 이 동생네 부부도 철났다고 생각했으니. 부모님이 이름도 같은 돌림자로 짓고 클 때는 남녀 가리지 않고 키워 주셔서 학교나 직장에서 남자들한테 기 안 죽고 살았다. 그런데 출가외인이라는 사회 풍습과 제도, 당신 스스로 딸네 집에서 살지 않겠다는 말을 핑계 삼았던 것은 아닌지. 달마다 용돈 드리고 목욕시켜 드리는 것에 스스로 자족하지 않았는지. 직접 모시면서 수발드는 자식이 최고로 효자다.' 창피한 줄도 모르고 홍수가 난 듯 눈물이 선우의 뺨 위로 흘러내린다.

"정말 미안하고 석우 처남한테 좀 서운하네. 우리 집이 세브란스에서 가까운데 우리한테도 안 알리고. 하긴 그때 우리는 호주에 있었겠다"하고 선우 아래 제부가 말하니

"좋다가 말았네. 나는 석우 결혼하면 여기서 계속 살려 했는데. 그래도 다행이다"라고 선우 둘째 여동생이 거든다. 그때 석성 씨가 주목하라고 한다.

"나는 사실 정가라 이 씨 네 집안일에 말할 자격이 있는지

모르지만, 이 집 맏사위로서 한마디 할게. 사실 요즈음 세상에 어른을 모시고 산다는 게 쉬운 일이 아니잖아. 그런데 석우 처남은 일류대 나와 좋은 직장도 던지고 장모님을 십오 년 동안이나 모셔 왔어. 그러다 보니 건강을 제일로 여기는 처남이 병도 얻은 것 같은데 장모님 뜻이니 이 집과 텃밭을 석우 처남한테 주었으면 좋겠어. 그래야 장모님이 안 계셔도 우리가 이렇게 모여 정담을 나누지. 다른 의견 있으면 지금들 말해 봐"라고 한다.

선우는 남편이 지혜로운 줄은 알고 있었지만 저런 단호함이 있는지 놀라서 눈물을 닦았다. 이미 이루어진 일이지만 공표하는 타이밍을 잘 잡은 것이다.

"형부, 좋아요. 나쁜 반위만 주지 말고 실질적인 유산도 주는 데 찬성 한 표요."

"바늘 가는 데 실 가니 저도 형님 말씀에 찬성합니다"라고 그녀 남편이 거든다.

"아버지 돌아가실 때 저 열 살이었어요. 아버지 사랑을 제일 못 받은 막내가 찬성하면 다 괜찮지요?"라고 하니까 둘째 남동생네도 민망했는지 아무 소리 하지 않는다.

이 게딱지만 한 집도 울타리 없는 과수원 같은데 재벌이나 부자들은 어떠할지 선우는 이제야 짐작이 간다.

선친의 유전자를 유산처럼 받은 석우의 위암 수술이 우애를 지키며 유산 정리의 문을 열어준 것인지, 석우가 중히 여기는 건강을 이 보잘것없는 유산과 바꾸어야 했는지, 선우는 가슴이 먹먹하다. 남의 병 고쳐주면서 자신은 어쩌지 못하여 오래전에 반위로 가신 선친이 몹시도 그립다.

신은 하나의 문을 닫으면 또 하나의 문을 열어준다지만.

샤프란

미정이 말했다. 부부간의 풀지 못한 오해나 의심 같은 작은 앙금이 확대 재생산되어 결국 이혼을 하게 되더라고.

"요즈음 돌싱녀가 대세야."

나는 그때 위로할 수도, 잘했다고 할 수도 없어서 다소 무책임한 말로 얼버무렸던 것 같다. 그랬는데 화분에서 반쯤 내민 샤프란 꽃봉오리를 보면서 생뚱맞게, 왜 오래전 사려 깊지 못하고 황당했던 터키 여행이 떠오른 걸까?

어쩌면 미정의 말을 귓등으로 듣고, 멀쩡한 남편과 소영을 오해한 자책감 때문이었는지 모른다. 만일 내 남편이 속 좁고 옹졸한 남자였더라면 미정의 전철을 밟지 않았을지, 모골이 송연해질 일이다.

시외버스 터미널에서 분당행 버스를 타기 직전에, 스마트폰을 집에 놔두고 온 생각이 났다. 편리하지만 멍에라는 잠재의식이 있어선지 스마트폰을 자주 빠뜨리곤 한다. 남편이, 올 때 몇 시 차를 탔는지 연락하라며 자기 휴대폰을 얼른 내준다. 늘 반듯하고 세심한 배려가 몸에 배어있는 사람이다. 그래서 나는 가끔 바른생활 사나이라고 부르곤 한다.

오늘도 출근이나 하라고 극구 사양했지만, 버스 터미널까지 "마님을 모시겠다"라며 굳이 차를 몰고 나섰다.

오른쪽 눈에 핏발이 서고 시력이 떨어지는 것 같아 안과에 갔더니 황반에 주름이 생겼다고 수술을 권했다. 수술 후, 매달 한 번씩 정기적으로 검사를 하고 약을 주지만 아직 망막에 부기가 있다고 한다.

몸에 다른 이상이 있나 싶어 분당의 눈 전문 한의원을 찾게 되었다. 잘 고친다고 소문이 나선 지, 이층 병원의 좁은 장소엔 늘 대기 환자가 많았다. 한 시간여 기다린 끝에 진료를 마치고 난 후, 홀가분해진 마음으로 간단히 점심을 먹고 버스를 탔다. 남편에게 출발시간을 알리려고 스마트폰을 보니, 장소영이란 이름이 올라와 있다.

'아니, 제부도로 간 뒤 소식도 없던 소영이가 남편하고 계속 연락을 했다는 말인가? 도깨비 씻나락 까먹는 이런 일이…'

눈앞이 캄캄해지며 떨어뜨린 스마트폰을 주워 급하게 문자를 다시 읽어 내려갔다. 존댓말로 쓴 문자 내용으로 보아서 교대 동기 소영이는 아닌 것 같은데, 죄짓고는 못 산다고 20년 전의 일이 사진을 보는 듯 선명히 떠올랐다.

소영이는 제부도에서 우리 교대로 유학 온 여학생이었다. 가녀린 몸매에 똑떨어지는 이목구비, 웃을 때 보조개까지 파여 남학생들 눈 끌기 좋을 만큼 예쁘장했다. 그래선지 화단에 벙그는 꽃 같다며 남학생들이 많이 따라다녔다.

그때 교정에는 언 땅에 엎드렸던 보라색 꽃이 새침한 얼굴을 쳐들었는데 여자인 내가 보아도 소영이가 그렇게 보여 크로커스라는 꽃 이름을 짐짓 무시했다.

사실 나는 가정 형편 때문에 교대 진학할 처지가 못 되었다. 그 시절 다 가난했지만, 남녀 선호 사상이 남아있는 시골의 5남 3녀 중 둘째였다. 보내주기만 하면 등록금 등 일체를 장학금으로 해결한다고 큰소리쳤으니, 다른 곳에 신경 쓸 여유가 없었다. 오직 학점 잘 받아 장학금 받고, 졸업과 동시에 발령받아야 한다는 일념뿐이었다. 그래도 늘 재잘거리는 여학생들에게 둘러싸인 그가 가끔 눈에 들어왔다. 그 무리에는 늘 소영도 보였는데 그때마다 잠깐씩 울렁증을 앓았다.

'황족이나 원로원 가문 출신이 아닌 로마 최초의 황제 베스파시아누스가 인공 호수 자리에 거대한 원형극장을 착공했다. 신분이 낮은 자신을 인정한 시민들에게 헌정하기 위한 것이다. 옆에 있던 높이 35미터나 되는 네로 황제의 거대한 황금 동상 콜로수스(Colossus)는 헐지 않고 얼굴을 태양신으로 바꾼 채 세워두었다. 이 원형극장은 중세에 콜로세움(Colosseum)으로 불렸는데, 이 명칭은 콜로수스에서 유래된 것으로 보인다'라는 수업이 끝난 직후였다. 남석현이 섬 출신의 소영을 가리키며

"그러면 제부도에서 온 소영이가 딱 콜로세움이네"라고 한 것이 그녀의 애칭이 되었다. 내 기억으론 혼자 섬에서 육지로 온 까무잡잡하면서도 섹시한 이미지로 빛이 난다고 붙

인 애칭일 것이다. 콜로세움은 신분이 낮은 자신을 인정한 시민들에게 황제가 헌정한 것인데 신이 자기 마음에 쏙 드는 여자를 제부도에서 공수해 왔다고 붙인 애칭인지. 과묵한 남석현이 저렇게 엉뚱한 데가 있나 싶으면서도 괜스레 짜증이 났었다.

남편은 지금도 체격 좋고 인물 좋다는 소리를 듣는데, 그때는 젊었으니 더 말할 나위가 없다. 입학식 날 그와 처음 마주치고 미켈란젤로의 다비드상 같은 남자가 교대에 어떻게 왔나 한 번 더 쳐다봤다. 그러나 그때 내게는 이성 교제 따위는 사치스러운 일이었으므로 관심을 접었는데 그는 장소영에게 관심이 많은 것 같았다.

지독한 공붓벌레라는 소리를 들으며 졸업이 얼마 남지 않은 어느 금요일이었다. 소영이가 이번 토요일에 석현 씨랑 제부도에 놀러 가지 않겠느냐고 했다. 석현 씨와 사귀고 있는데 그래도 좁은 제부도에 남자랑 둘만 갈 수 없으니, 동행해 달라고 했다.

갑자기 내 심장이 툭 떨어지는 것 같았다. '뭐라고 사귄다고?' 관심을 접었노라 생각하고 있었지만, 어쩌다 눈이 마주친 그가 씩 웃을 때면 묘한 매력에 지남철같이 끌려갔다. 내 마음속에 석현 씨가 들어왔다고 했는데, 소영이가 그와 사귀고 있었다니. 크로커스 같은 여자를 콜로세움이니 하며 말도 안 되는 작업을 걸 때부터 알아봤어야 하는 건데….

그건 안 되는 일이다. 그에 대한 관심을 접었다는 건 포기나 단념이 아니다. 단지 내게 시간과 마음의 여유가 마련될 때까지 유보하겠다는 것이었다. 소영이와 사귀고 있었다니 그건 절대로, 절대로 안 되는 일이었다.

소영의 말을 듣고 나니 혼자 먹으려고 감추어 두었던 맛있는 과자를 빼앗긴 듯한 억울한 심정이 되었다. 더 이상 소영이와 석현 씨의 관계가 진전되면 안 된다는 생각이 번개처럼 스쳐 갔다. 대뜸 제부도 가보고 싶었는데 잘 됐다고 했다. 나는 좀 떳떳하지 못한 생각이 들었지만, 머리를 이리저리 쥐어짰다.

소영이가 예약한 제부도 최고의 횟집에서 늦은 저녁으로 포식하고 차를 마시는데 무슨 일이 생겼는지 소영이 동생이 찾아왔다. 할아버지가 위독하다기에 우리는 신경 쓰지 말고 얼른 가보라 했더니 소영이가 계산을 한 후 나갔다. 나는 속으로 쾌재를 불렀다. 석현 씨와 맥주 한 잔 더 하며 시간을 끌어 볼 작정이었는데 보이지 않는 손이 돕는 것 같았다.

제부도에서는 하루에 한 번 왕래하는 배를 놓치면 꼼짝없이 하루를 더 섬에서 묵어야 한다. 시간을 끌어 배를 못 타게 되면 석현 씨를 붙잡을 기회가 생길 것이다. 소영이한테는 미안한 일이지만, 사랑에 목숨 거는 사람도 숱하다. 다만 기회를 미뤘을 뿐 그를 좋아한 건 내가 먼저였으니까. 이 기회도 소영이 자매가 만든 것이지 내가 일부러 만든 것은 아니니까….

비록 잔머리를 굴린 것이지만 신은 내 편이었다. 흔히 남자들을 목표 지향적이라 하고 여자들을 관계 지향적이라 한다. 그 당시 나는 남자들보다 더 목표 지향적이었다. 포획물을 발견하고 집중하여 먹이를 낚아채는 매의 눈을 한 것이 바로 그 당시 나의 모습이었을 것이다. 교생실습을 받았어도 도덕심보다 승리욕이랄까 도전정신이 더 강했다. 다 살아남기 위한 고육지책이라고 스스로 되뇌었으니 맹랑한 처녀임이 틀림없었다.

졸업 후 나는 석현 씨와 결혼했다. 소영은 내게 무서운 배신자라는 비난과 함께 눈물을 보였지만, 고향 제부도로 돌아간 후 아직까지 소식을 모른다. 의무연한 근무 때문에 가까이서 근무했을 것이다. 의식적으로 귀를 막고 살아온 탓인지 동기생 누구도 내게 소영이 얘기를 전해 주는 사람이 없었다. 설령 했어도 듣고자 하지 않았을 것이다.

이젠 내 남편이 된 석현 씨. 그이도 소영의 소식을 모르려니 했다. 아니 그녀와 사귀던 옛일조차 까맣게 잊고 있으려니, 나는 그렇게 믿고 싶었다. 그 당시에는 나보다 예쁘고 잘 사는 그녀를 따돌리고 내가 의도한 대로 석현 씨와 결혼했다는 게 내 자존감을 한껏 키웠다. 인간의 양심이나 선함은 개나 먹으라고 던져 버린 거나 진배없었다.

손이 귀한 집에 자기를 쏙 빼닮은 2세가 태어나자 남편은 아들 바보가 되었다. 나도 바쁜 직장 생활을 핑계로 의식적으로 그녀 생각은 하지 않았다. 그런데 그녀, 장소영이 남편의 전화에 불쑥 나타난 것이다. 이름은 물론 전화번호와 통화기록, 송수신 문자까지 내가 긴장하지 않는다면 비정상일

터다. 내 인생에서 어느 부분을 선택해서 지울 수 있다면 친구의 애인을 빼앗은 그 흔적을 말끔히 지우고 싶었는데….

버스가 청주에 도착하니 남편이 먼저 와서 기다리고 있었다. 다른 때 같았으면 내가 전생에 나라를 구했나 보다며 너스레를 떨었을 텐데, 그래도 양심은 있어서 입을 다물었다.

"오늘 원장이 뭐래요. 좋아졌대?"

남편의 말에 나는 고개만 끄덕였다. 마음 같아서는 언제부터 장소영과 연락하며 지냈느냐고 직격탄을 날리고 싶었다. 열정으로 들끓던 떳떳하지 못한 그 시절을 서랍 속에 봉인해 두고 암묵적으로 입 밖에 내어 본 적이 없다. '괜스레 긁어 부스럼 만들 필요가 없지'하는 생각을 다시 하며 나는 아무렇지도 않은 듯 스마트폰을 돌려주었다.

그럴 수 있지 하면서도, 알레르기 반응이 이는 것은 어쩔 수가 없었다.

석현, 소영과 사귀고 있던 이 남자를 내 남편으로 만들기 위해 나는 갖은 수단을 다 썼다. 그래서 무서운 배신자라는 소영의 비난을 감수해야 했지만, 이제 그 비난을 남편에게 돌려주어야 하는 것인가? 그러나 아직은 아니다. 세상엔 동명이인도 많고, 설령 연락을 주고받은 게 사실이래도 그걸 굳이 불륜이나 배신이라고 단정 지을 수도 없다. 태클을 걸은 것도 내가 먼저고 위장술이랄지 술수를 쓴 것도 나였으니까. 말없이 운전대를 잡고 있는 남편의 옆모습을 힐끗 쳐다보며 나는 혼란스러워졌다. 둘의 침묵이 답답해 라디오를 틀었다.

그때 라디오 멘트에서 난센스 퀴즈라며

"전화로 건물을 세우는 것은?"하고 문제를 내니 재빠른 청취자가 "콜로세움"하고 말하자 딩동댕~ 한다. 처음에는 무슨 말인가 했는데 콜로세움을 'call로 세움'으로 해석한 난센스 퀴즈라는 것을 알았다. 콜로세움이라는 어휘만으로도 움찔해서 황급히 라디오를 껐다. 누군가가 내 이십 년 전부터 현미경으로 톺아보는 것 같아 온몸이 오그라들었다. 그래도 한 자락 양심은 있는지 차차 알아보자고 애써 자신을 다독이는 두 얼굴의 여자가 나다.

여행 좋아하는 남편이 터키를 같이 가자고 했다. 나는 올 것이 왔다고 하면서 갑자기 웬 터키? 라며 더 심드렁하게 대답했다. 눈 때문에 병원도 가야 하고, 어머니한테는 무어라 하느냐며 우리만 갈 수 없지 않으냐고 핑계를 댄 후 혼자 다녀오라고 했다. '독서는 앉아서 하는 여행이고 여행은 서서 하는 독서'라고 하지만. 그때 딴 주머니를 찬 재혼녀처럼 나는 앙큼한 생각을 하고 있었다. 분명 혼자 가라고 하면 전화 속의 그녀 장소영과 동행할지도 모른다고….

우리의 젊은 시절 그 지우고 싶은 흔적을 공공연히 드러낼 게 아니라 이 기회에 나 혼자 확인해 지워야 한다. 말하자면 나는 주범이고 남편은 공범이 되어 이룬 행복한 이 가정이 다 나의 이런 내조 덕이 아니겠냐고 정당화까지 하면서 말이다.

오랜 세월 가정에 충실한 남편으로 살아왔다고 그이를 너무 믿었던 것은 아닌지. 남편은 어디든 갈 수 있는 사람인데 나무같이 뿌리 내렸다고 고정관념을 가지고 있었던 것은 아닌지. 난파선을 흔드는 태풍의 눈같이 심호흡이 빨라졌다.

수시로 스마트폰을 들여다보며 미행을 계획하는데 마침 남편이 떠나는 날 터키행 여행객을 모집한다는 문자가 들어왔다. 좌석을 채워서 가려고 부족한 인원을 모집 중이라 여행비도 남편이 지불한 경비보다 훨씬 저렴하다.

'세상에, 어떻게 이 타임에 내 생각을 알고….'

오랜 세월을 같이 살면서 말보다 행동으로 신뢰를 준 남편에 대한 믿음이 있었다. 그래서 동명이인 장소영일 것이라고 단정을 내렸는데 하필 그 문자가 조금은 망설이던 나를 다시 부추겼다.

'이지윤, 경거망동하지 말고 지금같이 믿고 살아.'

그러면 마음속의 다른 이지윤이 '이십 년이면 바위도 모양이 변하는데 첫사랑이 그렇지 않겠어? 미정이 같이 되지 말고 떡잎을 쳐내'라고 속삭였다.

일단 일을 저질러야 한다. 평소에 터키 한번 같이 가자고 하던 미정이한테 전화했다. 미정이는 혼자 살아서 걸리는 게 없고 남편과 안면도 없으니 안성맞춤이다. 갑자기 어쩐 일이냐고 하면서도 좋다고 흔쾌히 대답한다. 앞뒤 재지 않고 행동 대원처럼 당장 두 명 신청했다.

남편이 출근한 뒤 아껴두었던 상품권을 꺼내 백화점으로 직행했다. 중세 공주의 머리 같은 길이가 제법 긴 가발이 눈에 띄었다. 짧은 쇼트커트에 얹어 보니 잘 어울리고 언뜻 보니 처녀 적 이미지가 보였다. 과감하게 그것을 먼저 사고 여행에 필요한 옷도 샀다. 솔직히 변장을 위한 것이다.

집에 와서 거울을 보자 내가 미친 것 아닌가 싶었다. '이지윤, 지금 소설 쓰니? 모두 반품하고 없던 일로 하자.' 터덜터덜 차고로 내려가다가 다시 올라오며 갈피를 잡지 못했다.

미정이가 간다고 해서 일단 일을 저질렀지만 단순 관광이 아니고 내가 터키 가려는 진짜 이유를 미정이 알면 어떻게 반응할까? 오랜 시간이 지났지만, 미정의 상처를 덧나게 하는 일일 수도 있는데 무어라 할지. 내 생각만 하고 미정을 끌어들인 것은 아닌지 하는 후회가 일었다. 그래도 먼저 솔직하게 이야기하고 그녀의 동의를 구하는 게 친구에 대한 예의라는 생각이 뒤늦게 들었다.

미정을 만나 머뭇머뭇하며 터키 가려는 진짜 이유를 설명하니 내가 오해하는 것이라고 '너도 내 꼴 될 거냐'고 펄쩍 뛴다. 미정은 내가 결혼한 과정을 자세히 모른다. 모두 생략하고 장소영이란 여자를 애초에 교통 정리하려 한다는 명분 아닌 명분을 내세웠다.

"네 남편을 직접 본 적은 없지만 착하고 충실한 데다 한 눈 팔 사람은 아닌 것 같아."

미정은 나를 통해 아는 남편을 두둔했다. '하긴 친정에서도 남 서방은 머리부터 발끝까지 하나도 버릴 게 없다고 해온 사람이니….'

내 이야기를 듣고 있던 미정은 과거가 떠올라선지 인상을 찌푸리고 가만히 한숨만 내쉰다. 부부간의 문제를 현명하게 해결하지 못해 좋지 않은 결과를 초래한 후회를 하고 있으리라.

가보고 싶던 터키지만 그런 기분으로 어떻게 여행을 가느냐며 위약금 물고 취소하자고 미정이 돌변했다.

이런 때는 가만히 듣고만 있어야 한다. 늘 터키가 여행 영순위라 했고 착한 친구라 시간이 지나면 상대방에 대해 미안해하고 배려를 한다는 것을 나는 알고 있으니.

미정은 모두가 부러워하는 부부 교사 커플로 축복받으며 결혼했는데 일 년 만에 남편이 한 눈 팔아서 파경을 맞았다고 한다. 그것도 같은 학교에 교생 실습을 나온 어린 여자와 소문이 파다했다. 좁은 바닥이라 소식을 들은 부모님이 믿는 도끼에 발등 찍혔다며 아이도 없으니 헤어지라 하셨다고 한다. 변명이라도 들어보고 기회를 한 번 더 줄 것을, 배신감에 떨며 이혼하고 이곳으로 타도 전출을 했단다.

그날 힘없이 들어간 미정이가 얼마나 생각의 되새김질을 하고 났는지 전화를 해왔다. 지난번에 같이 본 영화에 너무 심취한 것 아니냐며 웃는다.

"그런가. 너무 심각할 것 없어. 여차하면 나도 그 남자 물리고 너랑 여행이나 다니지 뭐. 나 아직 괜찮지 않냐?" 나는 짐짓 대범한 척 너스레를 떨었다.

"퍽이나 그렇겠다. 다 이혼해도 지윤이 너는 이혼 못 할 거다. 아이들한테 올인한다고 직장도 그만둔 사람이."

"하긴 나도 그렇게 생각했는데 지금은 네가 부러워. 막상 사표를 내고 나니 아이들이 마음대로 안 따라 주고 존재감이 없어지는 것 같아."

괜한 일을 벌이고 있는지도 모른다는 생각이 또 들었다. 긁어 부스럼 만든다는 말도 있고 아는 게 병이라는 말도 있다. 갈팡질팡 수시로 마음이 널뛰기한다.

미정에게 두 명의 여행비까지 다 송금했으니 이참에 터키 여행이나 다녀오자고 일부러 단순하게 합리화를 강요했다.

남편의 실수를 눈감아주지 못해 결국 이혼까지 한 미정이지만 내 입장에서 생각하고 도와주리라 믿으면서 이내 부탁을 해버렸다.

"오늘부터 내 이름이 여권 확인할 때 등 꼭 필요할 때만 이지윤이고, 다른 때는 이정은이다. 8박 10일 동안 남석현과 거리를 두어야 해. 비행기 좌석은 떨어져 있으니 버스도 남편이 앞에 타면 우리는 맨 뒤에 타야지. 나는 마스크를 쓸 것이니 나 대신 말하고 남들이 물으면 친구의 감기가 심해져서 포기할까 하다가 같이 왔다고 해."

스릴러 영화 찍는 감독처럼 주문했다. 감기가 아니라도 요즈음은 마스크를 많이 쓰니 마스크 착용이 크게 이상하지는 않을 것이다.

일주일이 후딱 지나가고 출국하는 날이 되었다. 그날 아침 남편한테 구순의 친정어머니가 갑자기 이상하시다는 연락이 왔다고 둘러댔다. 혼자 가는 게 미안해선지 알아서 갈 테니 걱정 말란다. 무슨 일 있으면 즉시 달려오겠다고 한다.

다행히 남편이 일찍 떠났다. 준비된 새 옷에 선글라스, 가

발을 쓰고 거울을 보니 내가 봐도 낯설다. 간 큰 여자가 거울 속에서 앙큼한 고양이 상을 하고 있다. 감쪽같아서 한 겨울이었으면 변장하기 더 좋았을 텐데 하던 마음이 사라졌다. 나르시시즘이 왕림하셨는지 아직은 쓸 만하다는 자기애가 발동한다.

인천 공항 M 카운터 미팅 장소에서 만난 미정도 눈을 휘둥그렇게 뜨고 내가 아닌 줄 알았다며 짐짓 놀라워한다.

"역시 여자와 집은 꾸밀 나름이야"라고 해서 안심이 되었다.

남편은 담배를 피우러 갔는지 아직 보이지 않는다. 도둑이 제 발 저린다고 마스크를 꺼내니 지금도 충분하게 딴 사람 같다고 미정이 말한다. 평소에도 몸이 가벼운 미정은 여행사 직원한테 이지윤과 서미정이 왔다는 것을 얼른 알렸다.

드디어 남편이 나타났는데 주위에 여자가 보이지 않아 역시 괜한 오해를 했구나 싶은 게 마음이 조금 놓였다. 아직 백 퍼센트 신뢰를 갖진 못하니 미정에게 저 남자가 내 남편 남석현이라고 존재를 알려주었다. 캐리어 부칠 때도 많이 떨어진 뒤에서 체크하고 공항을 나갈 때는 선글라스와 마스크를 벗어야 하니 맨 뒤에 섰다. 선두로 나가는 남편과는 자연스레 거리가 떨어졌다.

꼬리가 잘린 도마뱀처럼 검색대를 통과해서 탑승했다. 일행이 28명이나 되어 남편의 정수리가 드러난 뒷머리가 앞에 보인다. 화장실이 가까우니 부딪칠 염려도 없다. 막상 남편에게 다른 여자가 있는 것을 확인한다면 어떻게 할지 생각만 해도 가위가 눌리는 것 같다. 강한 부정으로 머리를 흔들어 본다. 이 비행기가 이대로 구름 속에 쌓인 채 보쌈해 가듯 사라졌으면 하는 생각까지 든다. 열두 시간의 지루한 뒤척임 끝에 마침내 이스탄불 공항에 착륙했다.

"로테 관광"이란 빨간 글씨의 피켓을 든 현지 가이드가 28명 체크를 한다. 남석현을 먼저 호명하는데 또 담배를 피우러 갔는지 일행이 화장실 갔다고 한다. 이지윤을 호명하면 남편 귀에 들릴까 봐, 한 걱정했는데 다행이다. 남편 습관 중에서 담배 피우는 것 하나가 늘 못마땅했는데 오늘은 그 덕을 보는 것 같다. 미정은 가이드한테 다가가서 친구 이름이 여권에 이지윤이라고 되어 있는데 최근에 이정은으로 개명했다. 여행 중 꼭 이정은으로 불러주면 고맙겠다고 단단히 부탁한다. 가이드한테 초콜릿을 건네며 다음부터 "롯데 관광"으로 쓰라고 친절하게 지적질까지 한다.

"괴테, 로테, 단테가 다 돌림자 아니에요?"라며 가이드가 씩 웃는다. 현지 가이드는 발음이 좀 부자연스럽고 덩치가 크다. 선탠을 한 듯 구릿빛이어서 그곳 사람인 줄 알았는데 유머 감각을 보니 한국 사람이라는 느낌이 들어 반가웠다.

롯데라는 회사 그룹 명칭은 문학적 감수성이 뛰어난 신격호 회장이 괴테의 '젊은 베르테르의 슬픔'이라는 소설 속 여주인공 '샤롯데'에서 따 왔다는 일화가 떠올랐다.

거의 부부가 같이 왔고 모녀가 온 커플이 한 팀, 삼십 대 후반으로 보이는 여자 커플이 한 팀이다. 사십 대 초반의 미정과 나, 그리고 남편 말고 혼자 온 남자가 하나 더 있었다. 남편이 따로 와서 동행한다면 혼자 온 여자가 있어야 하는데 예상이 철저히 빗나갔다. 내가 뭣에 홀린 것 같으면서 '역시 범생이 내 남편이 그럴 리 없지'하는 안도의 숨이 쉬어졌다.

첫날은 이렇게 일행을 확인하고 숙소에 짐을 푸는 것으로 지나갔다.

남편한테서 잘 도착했다는 전화가 와서 움찔했다. 옆에

서 하는 것처럼 잘 들린다며 너무 잘 들린다고 하기에 요즈음 4G 시대라 그럴 것이라고 능청을 떨었다. 무소식이 희소식이니 전화 안 해도 잘 있는 줄 알라고 한다. 걱정 말고 전화비 아끼라고 맞장구를 쳤다.

장소영이라는 이름만으로 내가 오해했지 생각하니 가슴에서 돌 하나를 내려놓은 듯 조금은 가볍다. 살면서 아직 크게 실패한 경험이 없어선지 눈에 보이지 않는 것은 쉽게 잊어버리고 현시적인 것에 집중하는 편이다. 남편도 나의 이런 성격을 장점이라 하면서 아무리 AB형이라고 해도 불가사의하다고 했었다.

감탄사조차 사라지게 한다는 카파도키아, 터키 여행의 하이라이트라는 열기구 투어를 해도 짜릿하지 않다.

기이한 파샤바 계곡은, 가짜를 얼마나 진짜같이 만드는지 황구렁이 술을 다 먹고 술을 다시 붓다 보니 모형이라던 이야기를 떠올릴 뿐이다. 짐짓 돌덩이를 내려놓았다고 하면서도 순수 관광객의 심리 상태가 아니라는 반증이다.

네 번째 날 세계 9대 불가사의라는 지하 도시 데린쿠유 마을 관광을 가서 문제가 발생했다. 가이드가 이천여 년 전에 만든 것으로 지하 팔 층까지 발굴했다고 한다. 지하 도시의 최대 길이가 백이십 미터라고 부언했다. 좁은 지하 갱도여선 지 불빛을 밟고 내려가는데 무릎이 접히는 줄 알았다.

이슬람의 탄압을 피해 쫓겨 내려온 기독교인들이 기거한 공간이라는데 환기창과 화장실까지 있어서 놀라웠다. 가이 드가 마치 대형 맷돌 한 짝을 세워 놓은 것 같은 가운데 구멍 이 뚫린 바위를 가리킨다.

"최첨단 방어벽인 원형 돌문입니다. 발각되었을 때 통로 를 차단시킬 수 있는 아주 중요하고 비밀스러운 문이죠"라고 한다. 그때 미정이 사진으로 남겨야 한다며 가운데 뚫린 구 멍에 머리를 넣어 보라고 했다. 가발 정수리의 핀이 어디에 걸렸는지 딸려 올라가는 느낌이다. 갑자기 "아~아 악.~"하는 소리가 튀어나오자 옆의 남자가 왜 그러냐며 다가온다. 목소 리가 하필 남편인 것 같아 고개를 더 수그리고 머리를 바짝 움켜잡았다. 한쪽으로 가발이 쏠리며 속의 커트 머리가 드러 난 것 같다. 어두워서 다행이라던 미정이 더 놀랐나 보다. 미 정이 남편을 밀어내며 비키라고 하자, 민망한 듯 물러선다. 어두운 데다 가발이 벗겨지지는 않았으니 설마 나인 줄은 몰랐겠지 하고 안도의 숨을 쉬었다.

사진 찍는 것을 별로 좋아하지 않는 내가 원형 돌문 앞에서 사진을 찍으려다 망신당할 뻔했으니 어처구니가 없다. 깊이 들어와 산소가 부족해서인지 당황해서 갑자기 숨이 차오르며 정신이 아득해졌다.

남편이 삼십 대 후반의 여성 두 명 팀과 자주 어울린다 싶었는데 실크 스카프를 파는 가게에서 단발머리 여자에게 다가간다. 단발머리 여자가 고른 스카프를 남편이 본다.

"소영 씨, 어제 거금 주고 산 터키석 팔찌를 잃어버렸다면서요? 팔찌 대신 스카프 하나 사주고 싶은데…."

"…"

"더 좋은 것으로 골라요. 무얼 걸쳐도 소영 씨는 예쁘지만 기념이 될 만한 것으로요"라고 하니까 단발머리가 마지못한 듯 다른 것을 고른다. 긴 머플러를 두르고 거울을 보는 그녀의 얼굴을 빤히 보았다. 남편의 스마트폰에서 이름을 본 소영이란 여자구나 싶었다. 오뚝한 콧날에 새하얀 피부로 남의 남편을 유혹하다니 머리채라도 잡고 싶었다. 소영의 애인을 가로챈 업보려니 생각해도 열불이 났다. 긴 목에 남편이 사준 스카프를 두르는 것을 본 미정이 더 안절부절못한다.

인연이란 참 불가사의하다. 한소영이는 내게 애인을 빼앗 겼는데, 그녀가 아닌 다른 소영이가 그 자리에 있다니….

죄짓지 말라며 장독대에서 비손하시던 어머니 생각이 났 다. 내가 지은 죄는 내게 반드시 되돌아온다는 업보를 말씀 하셨는데, 이렇게 빨리 벌을 받게 되다니 무서운 일이다.

신은 문 하나를 닫으면 다른 문을 열어 주신다더니 꼭 그 런 것만은 아닌가 보다. 이튿날 해변을 산책하자는 미정과 새벽에 같이 나갔는데 남편이 그녀와 같이 저 앞에서 걸어온 다. 좀 떨어져 걷던 여자가 인사를 하며 다가오는데 남편이 그녀를 부르며 제지한다. 무의식적으로 모자를 잡아당겼다. 새벽이라 선글라스는 안 썼지만, 마스크를 쓰고 나와 다행이 다. 여자 둘이 같이 왔으니 설마 두 남녀가 동침을 했을 리는 없고 늦잠 자는 한 여자를 따돌리고 남녀가 산책을 나온 것 같다. 그런데도 계절이 온도를 배반했는지 다리가 땅에 얼어 붙은 듯했다. 그들이 숙소로 간 뒤에야 사진을 찍어 둘 걸 하 고 후회했다.

저녁에 가이드가 방 키를 줄 때 그 여자들이 묵는 방 호수를 알아 두었다. 밤 열 시가 넘자 미정이한테 일부러 그 여자들 방을 두드려 상비약 좀 얻어오라 시켰다. 다 준비해 왔는데 염탐을 시킨 것이다. 여자 둘이 다 있더라고 했다.

'산악회, 아니면 골프동호회, 초등학교 동창인가?' 수만 가지 상상이 다 된다. 내 기억으론 남편이 동창 장소영 말고는 깊이 사귀었던 여자가 없는 줄 아는데 사업을 하면서 새로운 여자가 생긴 것인가?'

남자는 여자 하기 나름이라며, 의부증 증세를 보이던 여자들을 무시했는데 지금 내 꼴이 그렇다고 생각하니 자존심이 상한다. 아무리 미정이가 입이 무거운 친구라 해도 괜스레 동행해서 부부만의 문제를 노출시켰나 싶기도 하고….

이 생각 저 생각으로 뒤척이다가 문틈으로 부윰한 동살이 들어올 때까지 혼란스러워 잠을 설쳤다. 갯벌 속으로 빨려 들어가듯 처지는데 이대로 무시할 수도 없지 않은가.

샤프란 볼루로 갔다. 샤프란이 봄에 피는 크로커스와 거의 비슷하다는 것을 여기서 알게 되었다.

색색의 양털로 짠 실타래 앞에서 점원이 "황금색이나 자주색 천연 염색을 무엇으로 할까요?" 하니 단발머리 그녀가 "샤프란"이라고 답을 한다. 어떻게 코리안이 샤프란을 아느냐고 놀란다. 그녀는 자기가 제일 좋아하는 꽃이라고 했다.

"꽃에 독성이 있어 남용하지 말라는 절제의 꽃말을 가진 샤프란을 좋아합니다. 그래서 제 필명이 샤프란이에요."

'그래. 독성이 있으니 남편한테 접근하지 말라는 것인지, 아니면 자기가 절제해서 아무 일도 없다는 건지.' 헷갈리지만 다 믿고 싶으니 아직 남편을 신뢰하고 있다는 증거이지 싶었다.

시간이란 놈은 참 묘하다. 내가 언짢아도 내가 슬퍼도 시침 뚝 떼고 앞으로만 가서 귀국하는 날이 되었다. 남편한테 들키지 않고 단발머리 그녀에 신경 쓰느라 다른 일행들과 별로 대화하지 못했음이 아쉬웠다. 여기서 처음 본 붉은 아카시아 꽃도 신선하게 다가오지 않고 불순하게 보였다. 평온한 마음으로 경치를 바라보았으면 더 아름답게 보였을 텐데 하는 생각도 들었다.

뭣에 미친 듯 달려왔다가 귀소 본능으로 돌아가는 쳇바퀴

여행이 된 것 같다. 짧은 봄방학에 동행해 준 미정이가 새삼 고맙게 여겨졌다.

어떻게 결정해야 하나. 올 때보다 두 시간이 줄어든 비행 시간이지만 열 시간 내내 고민이 된다. 미정이 말처럼 고민은 이지윤과 어울리지 않는데….

어둠을 떨치고 바다를 붉게 적시며 솟아오르는 태양은 열기구를 타고 상공에서 보던 일출과 또 다르게 장엄하다. 일출도 다름없다는 것에 안도감이 일면서 동시에 배신감이 든다.

잡상인이 모르는 집 방문하는 심정으로 집에 도착해서 거실 탁자에 가방을 올려놓았다. 급히 샤워를 마치고 났는데 남편 아닌 장소영의 긴 문자가 들어왔다.

존경하는 선배님

저 장소영입니다. 잘 도착하셨죠?
먼저 인사드리지 못해 죄송합니다. 처음에는 못 알아봤고 지하 도시 관광 후에는 모르는 척하라는 남 사장님 부탁으로 그렇게 했습니다. 지하 도시에서 남 사장님이 이상히 여겨 가이드에게 확인하고 더 일찍 알아보지 못했음을 자책하셨습니다.

여행 중에 혼란을 주지 않으려고 일부러 무덤덤한 척하며 질투를 유발하는 방법을 쓴 거죠. 제게 스카프도 일부러 사 주시고 안탈리아 해변도 새벽에 걸은 것입니다.

저 J 여고의 선배님 두 해 후배로 같이 간부 훈련을 받았어요. 졸업하고 제가 외국에 나가 있다가 오래 사귄 남편과 얼마 전 늦게 결혼해 신혼입니다. 남편은 치과 의사고 저는 방송 일을 하고 있습니다. 남편이 남 사장님도 가신다고 해서 연락했는데, 나중에 선배님 오신 것을 알고 프로젝트의 영감이 떠올랐어요.

남 사장님이랑 선배님이 부부인 줄 몰랐는데 터키에서 부부라는 것을 알고 놀랐습니다. 남 사장님은 남편 선배로 골프 모임에서 가끔 뵈었지요.

지금 남 사장님하고 친구와 인천공항 제2청사의 커피숍에 있어요. 선배님 질투를 최고로 끌어올려야 다시는 의심하지 않을 거라 웃으십니다.

젊은이들같이 참 재미있게 사신다는 생각이 드네요. 새콤달콤한 사랑차를 같이 마시듯 권태기 없이 사시는 것 같습니다. 남 사장님은 교직에 계셨기 때문인지 사업하시는 분 같지 않게 자상하고 유머 감각도 탁월하세요.

이번 주말이 저희 J 여고 동문회 날이네요. 선배님께 그때

가서 정식으로 인사드릴게요. 너그럽게 관용해 주시고 여전히 부러운 선배님으로 남아주시길 소망합니다.

샤프란 장소영 드림

스마트폰을 보며 불에 덴 듯 얼굴이 화끈거렸다. 아무리 세상이 넓고도 좁다 하지만, 후배한테 이 무슨 망신인지. 더군다나 남편이 알고도 묵인했다니 역시 헛똑똑이 이지윤이다. 과거에 지은 죄를 참회하기는커녕 아무 죄 없는 교대 동기 장소영 그녀를 의심한 것은 또 무엇인지. 내가 이리 가증스러운 인간이었던가.

운동회 줄다리기할 때 우리 팀 힘이 달려서 줄줄이 끌려갈 때의 이지윤이 보인다. 케이오 패를 당하여 피흘리며 바닥에 쓰러져 있는 대책 없는 이정은이 보인다. 이지윤이고 이정은이고 다 손바닥 안에 있는 것을.

출발 전 막 피기 시작한 샤프란이 예뻐서 한참을 들여다보았다. 남편이 아닌 내가 처음부터 샤프란에 홀린 것일까. 그것은 이십여 년 전 내가 애써 무시한 교정에 피었던 크로커스였는데….

절제의 꽃말을 차용했는지 샤프란이란 섬유유연제가 시중에 나와 있다. 빨래할 때 세제는 알칼리로 음이온을 띠는데 섬유유연제 샤프란은 양이온 계면활성제를 흡착시켜 중화시킴으로써 정전기를 방지하고 옷감을 부드럽게 한다. 신기루같이 나타난 샤프란 그녀가 그런 역할을 해 줄지도 모른다는 염치없는 희망이 삐죽 올라온다.

원인 제공을 당신이 했으니 뻔뻔스레 퉁 치자고 할지, 뒤엉킨 실타래로 안절부절못하는데 현관 도어록 누르는 소리가 들린다. 장소영이란 이름에 정신이 나가서 멀쩡한 사람을 의심하고 미행했으니 부끄럽고 쑥스럽다. 남편의 얼굴을 어떻게 볼지 어정쩡한 자세로 서 있는데 특유의 미소를 지으며 그가 와락 끌어안는다.

"당신이 질투하는 게 너무 좋더라. 삶의 활력소가 생긴 것 같아."

여성 서사의 파토스

−이영희 소설집『메이저 아르카나 13번』

김성달(소설가)

1.

  등단 후 묵직한 역사장편소설 『비망록, 직지로 피어나다』
로 독자들에게 그 존재감을 깊게 각인시킨 이영희 작가가 그
동안 부지런히 발표한 작품들을 묶은 것이 소설 『메이저 아
르카나 13번』이다. 여성이 대부분인 화자인 이 소설은 세상
의 밝은 빛 보다는 어둠의 그림자를 부드럽게 포용하고 있
다. 어둠 속에 잠겨 있는 것들을 직접 보려는 따뜻한 응시가
있고, 그 응시를 더욱 유심히 바라보는 동안에 아련하게 생겨
나는 대상에 대한 이해가 있다. 숱한 말을 통해 이어가는 소
통이 아니라 순간 속에 시간의 깊이를 담아내는 마주침이 여

기에 있다. 그러면서 화자들의 기억에서 선연하게 남은 것들과 그것에서 느꼈던 격정과 상실의 낙차가 만들어내는 흔적을 명징한 언어로 그려낸다. 소설의 화자들은 빛 보다는 그림자를, 사랑이 아닌 사랑 후의 자리에서 꾸준히 견디며 그 현장을 간절하게 보듬는다. 사랑이 끝난 뒤 비로소 상대를 더 깊이 이해하는 마음, 그것이 소설 『메이저 아르카나 13번』의 값진 매력이다.

소설 속 화자들에게 무수히 많은 그림자가 드리워지듯이, 이영희 작가는 다양한 인물들이 작가 자신을 관통하는 순간을 정확하게 잡아내어 하나의 온전한 그림자로 만들어간다. 그러면서 그림자에 드리워지는 빛에 따라 그 농도와 색깔이 달라지는 여성들의 유연한 세계를 그리고 있다. 「회귀回歸」의 마두금, 「조짐」의 서원, 「매지구름」의 여자, 「떨켜」의 일란성쌍둥이 남자 아내, 「지고이네르바이젠」의 진미선, 「메이저 아르카나 13번」의 여성 소설가. 「샤프란」의 나, 「반위」의 선우와 같이 소설의 화자는 거의 여성인데, 그들이 몸을 바꾸며 계속해서 우리 곁에서 맴돌며 앞으로 다가온다.

이영희 작가의 소설은 여성의 서사이지만 결코 그들을 통제하거나 소유하지 않는 자유로움으로 세상과 조우하고 공명한다. 어떤 신화나 환상으로 여성이 놓인 자리를 승화시키는 것이 아니라 현실과 진실 사이에서 끝내 해명되지 않는 여성들의 심리, 그 경계에 놓인 소설이다. 한낮의 눈부시고 찬란한 광휘가 아니라 낡고 희미한 그림자 사이에서 가느다랗게 흘러나오면서 엷어지는 여성 서사는 여성 빛과 그림자의 다른 모습이기도 하다. 이 소설에는 후회할 것을 알면서도 놓아버린 시간의 어리석음과 안타까움, 그럼에도 다시 맞물리고 겹쳐지는 어떤 움직임, 그 순간을 포착하고 응시하는 깊은 이해가 담겨 있다.

소설을 읽은 후 잔영처럼 떠돌아다닐 정도로 강력한 화자들의 언어는 어떤 수식도 덧붙이지 않는다. 상대의 이해나 변화도 바라지 않는 태도이지만 상대에 대한 신뢰가 실려있는 견고함이 있다. 단시간에 쉽고 빠르게 상대를 이해하지 않으려는 배려가 스며든 거리감이 오랫동안 관계 속에서 유지된다. 화자들이 만들어낸 작은 온기 뒤의 단단한 슬픔을 읽어내는 작가의 힘은 이 세계를 쓸쓸하면서도 투명하게 비춰낸다.

우리가 살아 숨쉬는 이 시대는 어떤 뜻을 위해 뭉치는 일이 점점 드물어지고, 어떤 사안을 자세하게 설명하고 이해하는 일은 거의 불가능해 보인다. 피해자와 가해자의 중첩되는 이미지는 도덕적 판단을 흐리게 만든다. 이영희 작가는 이 모든 복잡함을 우회로로 피해 가는 대신 그 속에서 들려오는 여성들의 목소리를 과감히 작품 안으로 끌여들여 자신의 소설 윤리로 만든다. 이 목소리의 윤리를 통해 만나게 되는 새로운 여성 서사가 『메이저 아르카나 13번』이다.

2.

「회귀回歸」는 사사건건 간섭과 감시의 끈을 놓지 않고 독선을 부리는 남편과 이혼을 생각하며 몽골로 여행을 떠난 나는 마두금 공연을 본다. 내 이름과 똑같은 마두금 공연을 꼭 보아야 한다고 남편이 고집을 부렸기 때문이다. "친정어머니는 첫아들을 순산한 뒤 딸을 낳았는데, 그 딸이 바로 나 마두금馬斗金이다. 말 두斗에 쇠 금金 자, 금이 한 말이니, 금쪽같이 잘 살라는 소망이" 담긴 이름이다. 마두금 공연을 보느라 귀국 비행기에 탑승하지 못한 일행은 겨우 경유하는 비행기 표를 구하지만 나와 남편은 각자 다른 비행기를 타야 한다. 나는 남편과 잠시라도 떨어지게 되니 여간 홀가분하지 않다. 제왕처럼 군림하는 남편의 횡포에 지쳐 이혼을 고민하는 중이다. 그런 나를 달래고 화해를 모색하려고 남편이 주선한 것이 이 여행이다. 수사관이던 남편은 명퇴 후 편의점을 차려 나에게 맡겨놓고 툭하면 피의자 다루듯이 나를 추궁한다. 너무 진저리가 쳐진 내가 그만 끝내려고 하자 무릎을 꿇고 울음을 터트리는 남편은 어릴 적 계모 밑에서 자란 이야기를 한다. 생모가 여덟 살 때 밤나무에 목을 맸고, 그 모습을 본 그는 그 후로 밤을 먹지 못했다. 다섯 살 위의 누나가 가출을 한 뒤로 늘 공포에 떨었다. 그때부터 혼자 남겨지는 것이 무섭고 불안해 견디지 못한다며 눈물을 흘린다. 나는 용서한다고 말하지 않는다. '마음속 깊은 곳에 뿌리박힌 트라우마는 표피에 난 상처처럼 쉽게 낫지 않는다는 걸 알기' 때문이다. 귀국 비행기를 타기 전 숙소에 들어간 나는 마두금에 얽힌 애절한 사랑을 상상하며 텔레비전 화면에서 용틀임하는 전라의 남녀와 함께 밤새 내 육신도 태풍처럼 휘돌아친다. 돌아오는 비행기에 무사히 탑승하지만 나는 편치가 않다. 트라우마에 갇힌 남편의 의처중에 시달리는 가련하고 정숙한 여인? 아니면 스스로 밤꽃 향기에 취해 요염한 척 육체로 남성의 본능을 자극하는 뜨거운 여인? 내가 호텔에서 야한 영화를 보던 장면이 실수로 동영상에 찍혔는데 일행 중 한 사람이 보아버렸다. 그와 나란히 앉은 나는 지금 겪고 있는 고통을 전부 남편 탓으로 돌리는 이기적인 여자가 자신이라는 생각에 가슴이 아프다. 남편 탓을 당연한 구호처럼 가슴에 담고, 감시와 학대에 시달리는 피해자로 자처해 왔던 게 아닌가 싶어 좌불안석이다.

그 큰 체구가 내 앞에 무릎을 꿇고 어린애처럼 눈물을 줄줄 흘리던 모습이 새삼스럽게 떠올랐다. 한없이 어린 남자. 목을 매고 죽은 엄마와 가출한 누나와의 이별로 가슴에 못이 박힌 소년. 사랑의 결핍으로 관심이 늘 필요했던 소년. 나는 왜 그런 남편을 외면하고 '금쪽같은 나'만을 생각했던가? 측은한 마음이 일면서 내 이름을 지은 뜻에 생각이 미쳤다. 남편이 보고 싶었다.

멀고 아득한 초원을 사이에 두고 헤어진 서쪽의 처녀와 동쪽의 후루, 타고 갈 말이 죽어 만나지 못하고 애를 태우던 두 사람은 누구를 탓하고 원망했을까? 누구도 상대를 탓하지 않았으리라. 간절한 기다림과 함께 언젠가 초원을 가로질러 가서 만나는 날을 꿈꾸며 그리워했으리라.(「회귀(回歸)」 중에서)

이 소설은 부부간의 비합리성을 불가해한 것으로 그려내는 것이 아니라 그 이면에 깔린 부부의 관계를 섬세하게 살피고 있다. 마두금이 남편을 잠재적 가해자로 만들어가는 과정에서 섬뜩해지는 자신의 내면을 들여다보면서 자신이 더 이상 약자가 아니라, 남편을 몹쓸 놈으로 몰아가는 공모자의 자리에 서 있다는 사실을 서늘하게 묘사한다. 남편을 향한 원망이 아니라 오히려 점점 침잠되고 쓸쓸함이 증폭하는 분위기를 통해 안타까움을 느끼는 나는 남편이 겪었을 고통과 약자로서의 위치를 다시 자신에게 투사하는 경로를 거친다. 여성의 고통이 갖는 고유성으로부터 촉발되는 공감을 말하고 있는 소설이다.

「조짐」은 시 낭송 대회에 참여하는 초보 낭송가의 심리와 어떤 조짐을 유기적으로 잘 엮은 소설이다. 서원은 시 낭송 대회에서 오버액션을 한 것이 마음에 걸리지만 그곳에서 오문석 오빠를 만난다. 문석의 집과 서원의 집은 돌담 하나를 사이에 두고 있는 이웃이었다. 서원은 소를 몰고 가며 소월 시집을 읽던 문석을 담 너머로 내다보곤 했다. 문석은 소풀을 뜯기며 시를 암송하는데 목소리가 너무 좋았다. 서원은 날마다 소월 시를 필사하면서 문석에 대한 연서를 쓰기도 했지만 한번도 부치지 못한다. 첫사랑이자 짝사랑이다. 생각해보면 자신이 지금 글을 쓰고 있는 것도 그의 영향이 아닌가 싶다. 육사에 간 문석이 제복을 입고 나타났을 때 너무 멋져 보여 며칠 잠을 이루지 못하지만 자신이 먼저 마음을 접는 게 상처를 덜 입을 것이라는 생각에 마음을 멀리 떼어 놓는다. 그가 결혼한다는 소문이 돌던 게 벌써 20여 년 전이다. 서원은 운명이 참 얄궂다는 생각에 잠겨 있는데 그는 보이지 않고 전화도 받지 않는다.

'큰 재해는 사소한 징후가 미리 일어나니 예방하라는 것인데, 큰 실수를 하려고 몇 번의 조짐이 일어났다고 면피하려는

가. 하인리히 법칙과는 질이 다르니 정신 차리라고, 아니야 이것은 자존심의 대형 산업 재해야.' 서원은 고개를 절레절레 흔들었다. 그래도 그렇지 감히 시인의 이름을 패스하고 그것을 의식도 못한 채 또 헛손질했으니. 더 가관이었던 것은 20년 만에 만난 첫사랑이 그것을 지켜보았다니. 서원은 생각할수록 부끄러웠다.(「조짐」 중에서)

　서원은 시 낭송 대회에서 무참히 떨어졌지만 이번 기회에 시와 시 낭송을 비롯한 문학 전반에 걸쳐 많은 것을 배운 시간이었다고 자족하면서 집으로 돌아가려고 하는데 문석의 전화가 걸려온다. 그의 동행인 듯한 사람이 문석이 서원 이야기를 많이 했다며 차라도 한잔 마시자고 한다. 그럴 시간이 없다고 상황을 설명하자 그는 많이 아쉬워하면서 문석이 지난해에 상처해서 외롭다며 가끔 만나 대화라도 나누라고 한다. 서원은 서로 일행이 있으니 다음을 약속하자며 문석이 내미는 손을 보며 샐녘 꿈에서 잡지 않은 손이라는 생각이 든다.

　이 소설이 시 낭송 대회에서 만난 첫사랑과 이런저런 대화를 나누면서 아련한 추억 속으로 한없이 빠져들기만 했다면 아마도 평범한 이야기에 그쳤을 것이다. 하지만 화자는 회상이나 추억의 자리에 자신이 놓이는 것을 거부하고 독립적인 여성이자 자존감 높은 예술가로 변화하려고 노력한다. 첫사랑의 추억에 젖은 채 그날을 그리워하면서 시간을 흘려보내는 것이 아니라, 현실을 직시하고 평생을 단단하게 싸워온 예술에의 기품을 지키려 한다. 그렇다고 예술을 통해 자아를 찾아가는 우아한 승리의 과정보다도 민감한 자신의 마음과 싸워야 하는 순간을 매끈한 서사로 그렸다. 인간이 자아를 규정하는 것은 고통과 감각인데 이 소설의 화자는 시 낭송 대회에 한껏 감정을 이입함으로써 자신이 느낄 수 없는 것은 자신이 아니라고 단호하게 증언한다.

「매지구름」은 남편의 수술을 지켜보는 여자의 심리와 현장 서술이 돋보이는 소설이다. 수술을 끝낸 남편은 매우 고통스러운 얼굴이지만 의사는 수술이 잘되었다는 말만 한다. 열아홉 살에 공직에 입문해 여직원이라는 핸디캡에도 불구하고 지방직의 별 서기관까지 올라온 나는 물러서지 않고 필요한 검사를 바로 해달라고 요구한다. 역시나 수술한 곳에서

출혈이 있어 수술을 다시 해야 한다. 남편은 뇌 동맥이 부풀어 수술을 받은 것이다. 수술시간도 서너 시간 걸리고 퇴원도 길어야 일주일이면 된다고 해서 심각하게 생각지 않아 큰집이나 친정에도 알리지 않았다. 재수술 시작한 지 일곱 시간이 넘어 자정이 지나 남편의 수술은 끝났다. 의사는 고통이 심할 것 같아 수면 치료를 해서 오 일 후쯤 깨어날 것이니 집에 가서 쉬다가 오라는데 자기들의 잘못이 있어선지 말씨가 정중하다. 잠에서 깬 남편은 수술 후유증 때문인지 가렵다며 피가 나도록 긁는다. 너무 심하다 싶어 의사를 찾았는데 수술 중이라고 하더니 집중치료실에 있는 청년에게 달려가 머리를 조아리느라 정신이 없다. 그걸 본 나는 화가 치밀어 환자를 차별한다고 소리 지르며 따지고 들자 병원 눈치 보느라고 참았던 보호자들의 박수가 터져 나오고 병원에서도 눈치를 보면서 서둘러 남편을 들여다본다. 열흘 만에 일반 병실로 옮겨진 남편은 초췌하게 늙어 보인다. 많은 이들이 병문안을 오는데 저런 모습을 보여주는 게 아니었는데 싶다. 마음 같아선 의료사고 소송이라도 하고 싶지만, 환자가 정상이 되도록 진력해야 한다고 마음을 다잡는다. 삼심구일 만에 퇴원해도 된다고 한다.

조심스럽게 고속도로에 들어서니 퇴원을 축하하듯 탐스러운 눈송이가 세리머니를 한다. 단풍이 곱게 물들 때 입원했는데 한 계절이 후딱 가버린 것이다. 달포 만에 내 집엘 왔다. 창틈을 비집고 들어오는 노을의 선연한 빛이 승리자의 깃발처럼 눈부시다. 주인 대신 집을 지킨 먼지들은 일제히 일어나 경례를 하고, 집을 잘못 찾은 줄 알고 시무룩하던 우편물들은 반색한다. 이제껏 참았던 눈물 한 방울이 떨어진다.(「매지구름」중에서)

이 소설의 화자는 살면서 운명을 탓한 적이 없는 여성이다. 사랑받으며 성장하고 공부도 잘하는 모범생이었는데 고등학교 이 학년 때 한약방을 하던 아버지가 빚보증을 잘못 서는 바람에 집안이 기울어 대학은 포기하고 9급 공무원 시험을 봐서 합격했다. 결혼하고 아이들이 웬만큼 컸을 때 주경야독으로 대학원을 마쳤다. 엘리트 자리에서 몰락한 피의자라는 자학을 넘어서 우뚝 서기 위해 '최선을 다하자'는 삶을 살아가는 노정에는 그늘 한 점 보이지 않고, 여성의 자리조차 보이지 않는다. 여성이라는 안온한 봉함을 찢고 나온 화자는 모욕을 견디며 대차게 반격하고, 계속 살아가기 위해 존재 이유를 찾아낸다. 퇴원해서 집으로 돌아와 보인 그녀의 눈물은 환희나 기쁨이 아닌 모든 것을 견디고 일어서는 의연함으로 읽힌다. 자신은 물론 자신을 둘러싼 사람들의 고통을 방관하지 않겠다는 결심을 온몸으로 증언하고 있다

「떨켜」의 주인공은 이 소설집에서 유일하게 남성이다. 일란성 쌍둥이인 그는 애연가이다. 할아버지 기제사를 지내기 위해 찾은 형 아파트에서 담배를 피웠는데 입주민으로 보이는 여자가 뱁새 눈으로 쏘아본다. 형수는 그를 이 아파트에 사는 형으로 착각한 모양이라고 한다. 고3이던 해에 IMF가 터져 아버지가 실직하는 바람에 집안 형편이 좋지 않아 형은 집에서 다닐 수 있고 취업이 보장되는 지방의 교원대를 지원한다. 대학을 포기한 나는 9급 공무원 시험을 준비했으나 6수 만에 겨우 합격한다. 형은 대학에서 내 친구였던 형수를 만나 졸업과 동시에 결혼하고 부부 교사가 되었다. 나는 학원에서 여섯 살이나 어린 아내를 만난다. 형은 결혼하자마자

아들을 낳아 집안 대를 이었는데, 우리는 계속 아이가 생기지 않는다. 내게 문제가 있었다. 고엽제라는 의사의 말을 듣고 그제야 아버지가 월남전 용사라 보훈병원에 다니고 있는 것이 생각난다. 아내와 나는 몇 차례 인공 수정을 시도했지만 실패를 거듭하고 그만 접어야겠다고 생각하는 순간에 안착이 된다. 기쁨은 잠시이고 기형아면 어쩌나 하는 걱정에 날마다 무릎을 꿇고 기도를 올려 얻은 것이 민지이다. 형의 방에 들어갔던 나는 형의 일기장에서 동생인 자신을 걱정하는 형의 마음을 알게 된다. 자시에 제사를 지내면서 아버지가 제주가 되시어 형이 잔을 올리고 조카 준섭이가 올리고 내가 잔을 올린다. 어린 민지는 왜 준섭이 오빠가 먼저 하느냐고 따지면서 제사에 참석 않는다. 형의 일기장을 보고 풀어졌던 마음이 다시 장손 우선이라는 유교문화에 거부감이 일며 부아가 치민다. 철상하고 음복을 한 아버지는 할아버지의 생전 무용담을 들려주면서 늘 떨켜 이야기를 하셨다고 한다. 아내는 6·25 참전 화랑무공훈장을 받으신 조부에, 월남 파병으로 나라 사랑을 보여준 부친, 그분들의 자손이라면 당장 담배를 끊으라고 단호하게 말한다. 이튿날 나는 금연 학교에 등록한다. 담배를 끊은 후 추석이라 방문한 형네 집에서 모두 얼굴이 좋아졌다고 한다.

　　토요일에 형수가 내 생일을 축하한다며, 좌구산 근처에 좋은 곳이 있으니 차를 가지고 우리 집 앞으로 오겠다고 전화했다. 휴일에도 출근하는 형이 마침 쉬는 날인가 보다. 모처럼 교외로 나오니 찬바람이 목덜미를 스치는데 공기부터 다르다. 울긋불긋하던 단풍은 어느새 칙칙하게 물들어 내동댕이 쳐져서 밟히고 있다. 나무들은 마지막 열정으로 고운 모습을 보여주고 미련 없이 이별한다. 혹독한 추위를 몰고 온 겨울을 예감하며 떨켜를 만들고 섭리대로 새봄을 위한 거름이 된다.
　　잎이 뿌리에서 나왔고 생을 다한 후 떨어져 다시 뿌리로 돌아가니 만물은 생명을 다하면 근본으로 돌아간다는 뜻의 성어 낙엽귀근(落葉歸根)이 생각났다.(「떨켜」 중에서)

　　주말이라 그런지 차가 밀려 신호대기를 하던 중 나는 우연히 오토바이 날치기를 잡았다. 훌륭한 시민으로 신원확인을 하는데 형의 이름을 말했고, 얼마 후 형은 훌륭한 시민으로 포상 추천되었다. 형은 최연소 교감으로 승진했지만 교육청에 누가 투서했는지 쌍둥이라는 말이 퍼지고 엉뚱한 추측이 난무하지만 나는 똑똑한 CCTV라도 쌍둥이를 구별해낼 수 없을 것이라고 스스로 위로한다.

이 소설은 일란성 쌍둥이 동생으로 태어난 화자가 자기혐오와 연민을 이기고 올바른 삶으로 방향을 잡아가는 과정을 선명하게 보여준다. 집안의 장손 동생이라는 존재의 하찮음을 껴안고 어떻게든 살아가려는 의연함을 담고 있는 소설은 하루하루 살아가는 반복 속에 만들어지는 생의 의지를, 떨켜를 움켜잡을 수 있는 손아귀의 힘을 리얼하게 보여준다. 이 소설에는 화자의 자기 모멸과 자기 부정이라는 감정이 강하게 동반되면서도, 피학성과 수동성이 결국 자기 전복의 감정에 함몰된 형태로 진행된다.

「지고이네르바이젠」은 에스파냐 출신 사라사테가 1878년에 작곡한 바이올린 독주곡 제목인 '집시의 노래'라는 뜻의 제목으로, 혼자 사는 여성이 자가 격리를 당하며 일어난 일을 그린 소설이다. 검사 결과 확진자는 아니지만 확진자가 발생한 곳에 갔기 때문에 자가 격리를 하는 진미선은 지고이네르바이젠을 크게 틀어 놓고 끝부분을 반복해 듣다 보니 좀 진정이 되는 것 같다. 삼 일 전 진미선은 해거름 산책길에서 사라 언니를 만났다. 그녀와 진미선은 3년 전 잠두봉의 맥을 끊은 난개발 아파트 반대시위를 함께 했다. 사라 언니는 아파트 모임에서 같이 라인댄스를 하던 동호회원으로 진미선의 학교 선배이다. 그후 토요일 오후 8시쯤 혼자서 산책하는 진미선 등 뒤에서 바리톤의 굵은 남자 음성이 들렸다. 처음 보는 남자가 음악을 좋아하냐며 양쪽에 끼고 있던 무선 이어폰 중 한쪽을 얼른 귀에 꽂는다. 순식간에 일어난 일이었는데 신기하게 그녀가 좋아하는 바이올린 곡 지고이네르바이젠 뒷부분이 빠르게 연주되고 있었다. 진미선은 그날 밤 뒤척이며 잠들 수 없었다. 지고이네르바이젠은 그에게는 특별한 곡이다. 고1 때 총각 음악선생이 연주하는 것을 처음 듣고 매료되었고, 그 선생님으로부터 그 곡이 정처 없이 유랑하며 떠도는 집시의 애환을 묘사한 아름다운 곡이라는 설명도 들었다. 진미선은 그 선생을 짝사랑하였지만 그가 미술 선생과 사랑하는 사이라는 소문을 듣고는 음악실에 발길을 끊은 후 지고이네르바이젠이란 말조차 멀리했는데 잠두봉에서 불시에 듣게 된 것이다. 남자에 대한 궁금증으로 진미선은 부지런히 잠두

276

봉 산책을 다녔지만 도통 만날 수 없었다. 사라 언니가 지고 이네르바이젠 연주회 이야기를 하면서 연주자가 우리 아파트에 산다는 말에 그 연주자가 잠두봉의 그 남자일 것이라는 생각에 연주회를 기다렸지만 코로나로 무기 연기되었다. 실망하는 나에게 사라 언니는 연주자가 이층 양식집을 운영하는 사장이라며 한번 만나보라고 한다. 진미선은 그곳에서 친구와 식사를 하고 혼자서도 오고 사라 언니와도 왔지만 얼굴을 볼 수 없었다. 그 양식집에 확진자가 다녀간 것이었다. 격리가 해제된 진미선이 사라 언니와 운동을 하고 돌아오는데 아파트 입구에 소방차와 119응급차가 보인다. 불은 진화되었으니 걱정하지 말라는 안내방송이 흘러나온다. 이튿날 사라 언니가 전화를 해서 아파트 방화범이 양식집 우 사장이라고 했다. 자가 격리 중 아버지가 돌아가셨는데도 상주 노릇도 못 했고, 혼자 빈소를 지킨 어머니가 충격으로 치매 증세가 나타났고, 인수한 양식집이 손해가 커서 문을 닫아야 할 지경에 연주회마저 자꾸 연기되어 스트레스와 우울증에 시달리다 불을 질렀다는 것이다. 우 사장은 우울증 증세가 심하고 전과가 없어 풀려났다고 했다.

우두커니 잠두봉을 바라보다가 나가서 104동을 배회했다. 306호에 불이 켜져 있는 것을 보니 별일 없는 것 같아 안심되었다. 가서 문을 두드리고 당신이 지고네이르바이젠 연주하는 것을 내가 얼마나 기다린 줄 아느냐. 왜 그리 바보 같은 짓을 했느냐고 소리라도 지르고 싶은 감정이 이내 솟구쳤다. 망설이다가 밖에서 306호 초인종을 냅다 누르고선 누가 볼세라 쏜살같이 도망왔다. 한 번도 마주 본 적이 없는 그에게 내가 무슨 권리로 그럴 수 있겠는가. 그게 더 우습지.(「지고이네르바이젠」 중에서)

남자를 살리기 위해 초인종을 누르는 진미선의 행위는 이제 더이상 자기만의 방에 머물지 않겠다는 선언으로 들려온다. 자신만의 방에 머무는 것을 그치고 밖으로 나와 사람들 곁에 나란히 서며 그 손을 잡아줄 수 있는 수평적 연대의식의 발로이기도 하다. 작가는 '지고이네르바이젠' 연주곡을 주술처럼 반복해 들려주면서 고정된 현실에의 반복과 종속을 거부하면서 삶의 의지를 확인한다. 이 소설은 관념이 아니라 음악이 만들어낸 감각의 영역을 통해서 온몸으로 체험하며 읽어야 한다. 그 과정에서 스스로의 눈먼 자아가 해체되는 경험을 하면서, 우리가 그동안 죽음과 한 번도 분리된 적 없이 완벽하게 친숙하게 살아왔다는 것을 자각하는 죽음의 인식 전환과도 연결되는 작품이다. 우리의 현실이 매 순간 망각과 함께 흘려보낸 과거의 죽음으로 구성되어 있다는 것을 받아들일 때 이제 우리가 살면서 보듬어야 할 대상은 바로 더불어 함께 살아가는 사람이라는 것을 깨닫게 한다.

표제작인 「메이저 아르카나 13번」은 이태원 참사와 타로카드의 메이저 아르카나 13번 상징이 직조해낸 이야기를 긴장감 있게 들려준다. 랜섬웨어에 걸려 원고를 몽땅 날려 짜증이 난 정현은 타로카드를 섞어 한 장 뽑으니 죽음을 뜻하는 메이저 아르카나 13번이다. 기분이 섬뜩하지만 애써 평정을 되찾으며 아들의 방문을 열어보니 비어있다. 자리에 누웠지만 살아오면서 저지른 실수가 자꾸 떠오른다. 일어나지 말았으면 좋았을 부끄러운 실수였지만, 해결이 잘 되고 세월이 흘러선지 내 일이 아닌 듯 희미하다. 지금은 편안히 잠든 남편이 옆에 있으니, 랜섬웨어도 잘 해결되리라는 말도 안 되는 믿음이 생기면서 잠이 드는데 거실 전화벨이 울린다. 받아보니 서울 사는 명훈의 고모인데 명훈이와 영석이 찾아와 저녁을 먹고 은결이와 함께 핼러윈 데이에 간다고 나갔는데 연락이 안 된다고 걱정이다. 나쁜 일은 한꺼번에 온다고 랜섬웨어로 꼴딱 밤을 새웠는데 고모까지 안 하던 전화를 하고 참 지독한 날이구나 싶다. 그때 또 전화벨이 울리는데 일어나 거실에 나가 있던 남편이 명훈이 어디갔느냐고 다급히 소리를 지른다. 텔레비전 자막에서 이태원 사진 위로 핼러윈 축제 압사 소식이 크게 활자화되고, 타로의 메이저 아르카나 13번의 해골이 그 위에 겹치며 정현은 고주박처럼 쓰러졌다. 실신했다가 깨어난 정현은 손이 떨려 명훈의 핸드폰 번호를 누를 수 없을 지경이고, 눌러도 좀처럼 받지 않는다. 정현은 현장으로 달려가려고 자동차 시동을 거는 남편 옆에 얼른 올라탄다. 스마트폰이 울려 받아보니 기다리고 기다리던 명훈의 목소리였다. 핼러윈 데이 행사 가는 길에 영석이 게임방에 잠깐 들렀다 가자고 해서 들렀는데 깜빡 잠이 들어 못 갔다는 명훈은 이태원 사고도 모르고 있었다. 정현은 명훈의 전화를 받고 나서 삶이란 참 알 수 없다는 생각이 들었다. 명훈이 게임 좋아하는 영석이와 어울린다고 못마땅했는데 그 애 덕분에 살아났다.

논어의 익자삼우(益者三友), 손자삼우(損者三友)란 말을 정현이 기억하기에도 몇 번은 명훈에게 한 것 같다. 영석이가 편벽하게 게임에 빠져 너를 꼬드기니 영석이와 놀지 말라고 한 것이다. 영석이도 자기 집에서는 귀한 아들이고 손자일 텐데….

이런 일을 꿈에도 모르고 내 자식에 나쁜 영향 끼칠까 봐 거리를 두라 했으니 정현은 더 미안하고 목에 가시가 걸린 듯 양심에 걸린다.

S대가 뭐라고, 거기 나와서 노는 아이들도 많은데. 사실 영석이가 명훈이보다 키가 크고 허여멀끔한 것까지 미워하며 그 애를 속 빈 아이같이 봤으니, 참척의 아픔을 겪지 않게 한 영석이야말로 은인인데…. 정현은 이제야 그런 생각을 하는 자신이 참 이기적이고 이렇게까지 속물이었나 싶다. 정현은 네가 내 자식을 살렸다고 영석 앞에 무릎이라도 꿇으며 절하고 싶은 심정이다. (「메이저 아르카나 13번」 중에서)

정현은 집에 들어서다가 벽에 걸린 가족사진에 눈물이 왈칵 쏟아진다. 이태원 압사로 백오십팔 명의 사상자가 발생했다는 앵커의 목소리 위로 무장한 해골 형상의 메이저 아르카나 13번 카드가 떠오른다.

이 소설은 정현이 살아오며 일상에서 우연찮게 만난 크고 작은 실수와 대형 재난을 연결시키고 그 앞에서 우리의 선악이 쉽게 구별될 수 있는지 묻는다. 정현은 아들 명훈의 목숨을 구해준 은인인 영석에게 그동안 자신이 보냈던 말과 표정이 자꾸 떠오른다. 못마땅한 아들의 친구에게 보낸 그 야멸찼던 시선이 평범한 소시민 정현 자신의 얼굴이었다는 사실을 깨닫는 순간, 이 소설은 평범한 소시민들의 가족을 향한 마음이 무엇인지 묻는다. 또한 우리가 대형 재난 앞에서 가지는 부끄러움과 죄책감이 사회구조를 바꾸는 대신에 가족 안전으로 회귀하지 않았는지도 아프게 묻고 있다. 그렇다면 이 가족 안전이 모든 것을 우선한다는 믿음 내지는 기만이 깃든 것은 아닌지 하는 생각이 불편하게 마음을 파고든다. 정현의 내면에서는 가족 외에는 이 사회를 구성하는 다른 다양한 인물은 그동안 어쩌면 주변화된 인물이었을 것이다. 그런 그가 이태원 참사 앞에서 부딪혀 분열하고 깨져나간 자기기만 앞에, 아이를 키우는 여성으로의 성찰 앞에 서 있는 것은 우연이 아니다.

「샤프란」은 바른생활 사나이라 부르는 남편을 의심하는 여인의 심리에 천착한 작품이다. 우연히 남편 핸드폰에서 장소영이라는 이름을 본 나는 20년 전의 기억을 떠올린다. 제부도에서 유학 온 소영이는 화단에 벙그는 꽃 같다며 남학생들이 많이 따라다녔다. 나는 그 장소영이 사귀던 다비드상 같은 남자 남석현을 빼앗아 남편으로 만든다. 소영은 내게 무서운 배신자라는 비난과 함께 눈물을 보였지만 제부도로 돌아간 후 소식을 몰랐다. 그런 장소영이 석현의 핸드폰에 불쑥 나타난 것이다. 나는 긴장하지 않을수 없었다. 세상에 동명이인도 많고, 설령 연락을 주고받은 게 사실이라도 그걸 불륜이나 배신이라 할 수도 없어 혼란스러운데 여행 좋아하는 남편이 터키를 가자고 한다. 나는 핑계를 대며 혼자 가라고 하면서 남편이 장소영과 동행할지도 모른다는 의심을 품는다. 친구 미정이에게 터키를 같이 가자고 하면서 여행 목적을 사실대로 말하자 펄쩍 뛰면서도 동행한다. 변장을 하고 남편의 터키 여행 일행에 섞여 비행기를 탄다. 남편은 동행이 없었다. 나는 안도의 한숨을 내쉰다. 터키 이곳저곳을 돌아다니면서 자칫 남편에게 들킬 뻔하기도 했지만 무사히 넘긴다. 삼십 대 후반의 여성 커플 팀과 자주 어울리던 남편이 그 중 한 여인을 소영 씨라 부르며 스카프를 선물한다. 그 모습을 몰래 지켜본 나는 드디어 현장을 잡았다고 생각한다. 이튿날 새벽 미정과 함께 해변 산책을 나갔다가 남편과 스카프를 선물한 여인이 나란히 걸어오는 모습을 발견한다. 남편과 잘 어울리던 그녀는 자신이 좋아하는 꽃이 샤프란이라고 하면서 절제의 꽃말을 가진 샤프란을 좋아한다고 한다. 어떻게 해야 할지 몰라 속만 태우다가 나는 남편보다 먼저 집에 돌아온다. 그때 남편이 아닌 장소영의 긴 문자가 들어온다. 나를 선배님이라 부른 그녀는 자신이 내 여고 두 해 후배라고 한다. 남편은 치과의사이고 자신은 방송일을 하는데 남 사장님은 남편 선배로 골프모임에서 가끔 뵈었다고 한다. 남 사장님이 아내의 질투를 최고조로 끌어올려야 다시는 자신을 의심하지 않는다며 협조를 요청하는 바람에 어쩔수 없이 연기를 했다는 것이다. 문자를 보는 내 얼굴이 불에 덴 듯 자꾸 화끈거린다.

출발 전 막 피기 시작한 샤프란이 예뻐서 한참을 들여다보았다. 남편이 아닌 내가 처음부터 샤프란에 홀린 것일까. 그것은 이십여 년 전 내가 애써 무시한 교정에 피었던 크로커스였는데…

절제의 꽃말을 차용했는지 샤프란이란 섬유유연제가 시중에 나와 있다. 빨래할 때 세제는 알칼리로 음이온을 띠는데 섬유유연제 샤프란은 양이온 계면활성제를 흡착시켜 중화시킴으로써 정전기를 방지하고 옷감을 부드럽게 한다. 신기루같이 나타난 샤프란 그녀가 그런 역할을 해줄지도 모른다는 염치없는 희망이 삐죽 올라온다.

원인 제공을 당신이 했으니 뻔뻔스레 퉁 치자고 할지, 뒤엉킨 실타래로 안절부절못하는데 현관 도어록 누르는 소리가 들린다. 장소영이란 이름에 정신이 나가서 멀쩡한 사람을 의심하고 미행했으니 부끄럽고 쑥스럽다. 남편의 얼굴을 어떻게 볼지 어정쩡한 자세로 서 있는데 특유의 미소를 지으며 그가 와락 끌어안는다.

"당신이 질투하는 게 너무 좋더라. 삶의 활력소가 생긴 것 같아."(「샤프란」 중에서)

오래전 남편의 애인이었던 여자의 이름에 신경질적인 죄

의식과 반감을 표출하는 여인의 복잡한 심경을 따라가는 이야기이다. 소설의 화자는 분노와 욕망을 분출하고 질투와 죄책감에 시달리면서도 여전히 자신의 감정을 양가적으로 표현하거나, 스스로 확신하지 못한 채 머뭇거리고 서성인다. 변장하고 남편을 쫓는 심리의 표면과 다르게 서로를 겨누고 있는 자신 안의 충동과 불안을 여실하게 보여주면서도 여성의 욕망을 진술하게 열어준다. 그런 의미에서 이 소설은 여성 욕망과 가장 밀착해 있으며, 기존 서사의 재현 방식을 쇄신하는 현장이기도 하다. 여성이 여성들에게 물려주는 모든 사랑과 증오의 표피를 과감히 벗어던지고 있다.

「반위」는 어머니를 모시고 사는 넷째 남동생이 열흘 동안 꼭 가야 할 곳이 있다며 사라지면서 이야기를 시작한다. 평소에 워낙 성실하고 오랫동안 어머니를 모셔 왔기에 선우는 뭐라고 할 수도 없었다. 팔 남매의 큰딸 선우는 고2 때 한약방을 하던 아버지가 친구 보증을 잘못 서주어 몸져누웠고, 그 여파로 신경성 반위로 돌아가셨다. 지금은 위암이라고 하지만 한의학에서는 반위라고 했다. 선우는 대학을 포기하고 공무원 시험에 합격해 가장 노릇을 했다. 넷째 남동생 석우는 큰형이 갑자기 죽자 회사에 사표를 내고 어머니를 모시고 살았다. 아버지를 닮아 총명하고 성격이 온순하고 착실한 동생이다. 하지만 그가 어디론가 떠난 후 형제들은 이러쿵저러쿵 말이 많다. 둘째 여동생은 석우에게 틀림없이 여자가 있다면서 그 애가 결혼하면 따로 살겠다고 할 것 같아 자신이 어머니 밥 해주러 간다고 한다. 선우가 하루는 어머니께 연세가 있으니 지금 사는 집과 텃밭을 석우에게 주자고 운을 뗐지만 어머니는 당신이 금방 죽느냐며 괜스레 역정을 낸다. 그래서 석우에게 방법을 찾아보라고 했지만 자신은 집에 욕심이 없다고 하길래 나중에 네가 살집도 있어야 하고, 그래야 형제들이 모여서 부모님 제사도 지낸다고 설득했다. 하지만 얼마 지나지 않아 어머니가 석우에게 먼저 공증하러 가자고 해서 친구 두 명 데리고 가서 그렇게 했단다. 열흘 후 석우가 돌아왔지만 다녀온 곳을 함구한다. 머리가 복잡한 선우가 동생들을 모두 불러모았을 때, 셋째 남동생이 석우가 위암 초기라 수술 날짜를 잡아 수술을 하고 왔다는 말을 한다. 선우는 마음이 아프고 딸은 아무 소용없다는 자책이 든다.

'그래서 셋째 남동생이 병원 가서 보고 온 이후로 아무 소리 않는 것을 참 눈치도 없다. 어머니 별식을 해드린 것을 나이 드니 이제 이 동생네 부부도 철났다고 생각했으니. 부모님이 이름도 같은 돌림자로 짓고 클 때는 남녀 가리지 않고 키워 주서서 학교나 직장에서 남자들한테 기 안 죽고 살았다. 그런데 출가외인이라는 사회풍습과 제도, 당신 스스로 딸네 집에서 살지 않겠다는 말을 핑계 삼았던 것은 아닌지. 달마다 용돈 드리고 목욕시켜 드리는 것에 스스로 자족하지 않았는지. 직접 모시면서 수발드는 자식이 최고로 효자다.' 창피한 줄도 모르고 홍수가 난 듯 눈물이 선우의 뺨 위로 흘러내린다.(「반위」 중에서)

이 소설은 선우의 관성이 깨지는 지점, 자신 속으로 회귀해 스스로 반성하고 단속하는 지점을 진지하게 생각하게 만든다. 가족이나 형제로 오랫동안 이어져 온 관계이지만 특정한 사건을 통한 이해와 사유를 통해 마주하는 인물들의 속내는 복잡다단하다. 어린 시절부터 사랑과 미움이 교차 되는 시선으로 긴밀하게 고착되는 형제자매이면서도 어쩔 수 없이 생기는 거리감으로 오랫동안 이어온 관계가 서로의 얼굴을 마주 보는 짧은 순간 마음이 흔들린다. 그 순간은 자신이 아닌 다른 생을 모두 끌어안아야 한다는 점에서 한없이 측은하면서도 눈물겹다. 서로를 반사하는 거울들처럼 그들의 운명은 구분되지 않는 듯이 보이기 때문에 더욱 그렇다. 살아오면서 우리가 망각했지만 잊어서는 안 되는 것을 다시 전달해주고 있는 작품이다.

3.

이 소설집에서 이영희 작가는 여성 화자들이 각자 놓인 위치가 자신들의 모습을 계속해서 인식하게 만들며, 여성의 언어가 사회 안에서 자신의 위치를 파악해야 하는 바로 그 자리를 알려주고 있다. 특히 그가 빈번하게 사용하는 일인칭 나의 서사는 이들의 경험 주체성의 다층적인 차원을 교차시켜 보여주기 적합한 방식으로, 여성의 어떤 세계를 깨뜨리고 불러들여야 하는가 하는 문제 지점을 정확히 보여준다. 그 지점에는 살아있다는 안도감, 존재가치의 부정, 상실감과 죄책감, 그 격렬한 삶의 진폭이 만들어 낸 긴 시간 탐사를 통해, 그들이 남겨놓은 흔적과 마주하는 작가의 고뇌가 있다. 그 속에는 상처 입은 대상에게서 멀어지려는 본능을 느끼면서도 어쩔 수 없이 나의 일부가 되어버린 그것에 지독하게 매이는 바람에 떠맡게 된 삶의 무게를 끝없이 저울질하는 작가의 내면 풍경도 있다.

소설 『메이저 아르카나 13번』의 화자들은 불안한 삶에 전전긍하면서 책임질 대상을 움켜잡기는 하지만 대개 인생에서 불안을 구성하는 마지막 퍼즐은 끝내 찾아지지 않는다. 갈망했던 것들이 성취되는 일보다 무너지는 일을 더 많이 겪어본 화자들이 현재를 보호하려는 시간이 뒤섞인다. 연약하지만 끝내 죽지 않고 나타나고 사라지는 반복 속에서 만들어내는 희미한 빛. 이런 분위기가 하나로 응축된 인물들은 고립되는 대신 홀로 버티며 그렇게 자신을 지키며 흘리는 눈물의 중력을 몸에 새기게 만든다. 그래서 그 눈물을 자신이 살아온 세월에 뒤통수를 맞았다는 것을 자각하는 웃음으로 변환시키며 꿋꿋하게 살아난다.

소설 화자들의 목소리는 더 이상 옅은 자취를 남기며 달아나는 메아리나 모호한 표정이 아니다. 여기 실린 소설들은 그간 여성 소설의 특권으로 말해져왔던 선병질적인 광기와 히스테리 뒤틀려 있는 기괴한 상상력과는 무관한 지점이다. 작가의 소설은 언어와 역사 안에서 확고하게 뿌리내린다. 작가는 초연한 거리를 유지하며 시대와 역사를 탐구하고 모순이 중첩된 시간을 강력하게 환기하면서 또 이 시대를 어떻게든 끌어안으려는 결기가 돋보인다.

『메이저 아르카나 13번』은 일상을 섬세하게 감각하며 사소하고 작은 이야기들의 미세한 분열을 보여주는 여성 서사가 아니라, 어떤 정념에도 매달리거나 붙들리지 않고 그렇다고 무기력하거나 냉소에 함몰되지 않는 초연하고 성숙한 힘으로 자기만의 방을 벗어나는 여성의 자아에 대해 짚어내고 있다. 그러면서도 현실에서의 차이와 한계점을 어떻게든 넘어 다른 곳을 지향하는 여성 서사의 파토스, 그것이 바로 이영희 작가의 소설 『메이저 아르카나 13번』이 지닌 값진 의미망이다.

메이저 아르카나 13번

초판 1쇄 인쇄 2023년 11월 1일
초판 1쇄 발행 2023년 11월 4일

저   자 이영희
발행인 박지연
발행처 도서출판 도화
등   록 2013년 11월 19일 제2013 - 000124호
주   소 서울시 송파구 중대로34길 9-3
전   화 02) 3012 - 1030
팩   스 02) 3012 - 1031
전자우편 dohwa1030@daum.net
인   쇄 유진보라

ISBN ㅣ 979-11-92828-28-2*03810
정가 13,000원

 충북문화재단
Chungbuk Cultural Foundation

*이 책은 충청북도와 충북문화재단의 후원으로 예술창작활동지원사업
 일환으로 발간되었음.

도화道化, fool는
고정적인 질서에 대한 익살맞은 비판자,
고정화된 사고의 틀을 해체한다는 뜻입니다.